KARUHO **SHIINA**

椎名軽穂

SAWAKO

Kana

3

♣ Sawako 3 Sommaire ♣

RÉSUMÉ

Sawako Kuronuma, 15 ans, est une jeune fille sérieuse et sensible. Mais son allure sombre lui a valu le surnom de "Sadako", et généralement elle inspire la peur. Sans se soucier de sa réputation, Kazehaya lui adresse la parole et il devient un modèle pour elle. Grâce à cette première relation, Sawako se lie ensuite d'amitié avec deux élèves de sa classe, Yano et Yoshida, ce qui l'émeut profondément. Ses sentiments à l'égard de Kazehaya deviennent de plus en plus forts... Pourtant, un jour, de vilaines rumeurs se mettent à circuler à propos de Yano et de Yoshida ! "Sadako" en serait-elle à l'origine !? Voulant éviter à tout le monde de souffrir à cause d'elle, Sawako se met à éviter Kazehaya ainsi que ses deux amies. Mais la confiance que lui témoignent les trois jeunes gens à cette occasion lui donne un courage immense !! Elle décide alors d'ouvrir son cœur à Yano et à Yoshida et de mettre fin aux rumeurs !! Ces deux dernières réalisent alors la force de l'amitié qui les lie à Sawako.

SAWAKO
KARUHO SHIINA
椎名軽穂
♥ Episode 8.
SAMEDI SOIR

CROA CROA
HUM ! ÇA SENT LE CURRY !
ÇA SENT BON !!
AVEC ÇA... CE SERA PARFAIT !
HUM ! ÇA A L'AIR DÉLICIEUX !!
J'ADORE QUAND C'EST TOI QUI PRÉPARES LE DÎNER LE SAMEDI !!
LA SALADE AUSSI EST PRÊTE. IL N'Y A PLUS QU'À MANGER !
WAOUH ! EXCEL-LENT !!
ELLE MANGE EN CACHET-TE...
HE HE...
À PROPOS...
... NOTRE PREMIÈRE SORTIE POUR ALLER MANGER DES NOUILLES APRÈS LES COURS A ÉCHOUÉ LA DERNIÈRE FOIS.
FERMETURE HEBDOMADAIRE

NON......!!!
C'EST VRAI !! JE L'AVAIS COMPLÈTEMENT OUBLIÉ !!
J'AVAIS TELLEMENT ENVIE D'EN MANGER !!!
IL NE FAUT PAS OUBLIER LE JOUR DE CONGÉ DE TON RESTAURANT FAVORI !
YOSHIDA ÉTAIT COMPLÈTEMENT DÉPITÉE...
JE N'ACCEPTE PAS LES NOUILLES "LIGHT" ! TOUT COMME JE N'ACCEPTE PAS LES NOUILLES "SAINES". QUANT AUX AUTRES RESTAURANTS...
ET SI TU ESSAYAIS UN AUTRE RESTAURANT...?
BLA BLA...
BLA BLA...
ENSUITE, NOUS AVONS PRIS UN THÉ ENSEMBLE, ET YOSHIDA NOUS A EXPOSÉ SES THÉORIES EN MATIÈRE DE NOUILLES. C'ÉTAIT TRÈS AMUSANT...
PAS QUESTION !!
TU ES PÉNIBLE !
ÉMUE
RÊVEUSE
YANO, YOSHIDA...
AH !
AUJOURD'HUI, NOUS MANGEONS LE CURRY DE SAWAKO !
SI HEUREUSE QU'ELLE N'ENTEND RIEN.
DRING
DRING
AH ! LE TÉLÉPHONE !
OUI, OUI...
ELLE M'IGNORE OU QUOI ?
SAWA...
SAWAKO !!
C'EST POUR TOI !!

YOSHIDA L'A APPELÉE...
ALLO ! SADAKO ? CE SOIR ON MANGE DES NOUILLES !!
Noms des élèves
J'ÉTAIS SÛRE QU'ELLE DIRAIT ÇA...
ALLEZ, ON Y VA !! CE SOIR C'EST LA REVANCHE !!
VIENS !
...
DES...
DOMM DOMM
EST-CE QUE JE PEUX ALLER MANGER DES NOUILLES !?
AVEC MES AMIS !!
DES AMIS !!
PRÉCIPITATION
OUI...
C'EST BON ! ALLEZ, VAS-Y VITE !!
PRÉCIPITATION
OH ! JE N'AI PAS SERVI LE CURRY DANS LES ASSIETTES...
SI CE N'EST QUE ÇA, JE M'EN CHARGERAI !!
LA PROCHAINE FOIS, FAIS-LES VENIR À LA MAISON, SAWAKO !!
OUI !!

NOUVELLES DU JAPON 1

Bonjour à tous ! Comment allez-vous ? Je m'appelle Shiina. Enchantée.

Peut-être est-ce parce que ma peau devient flasque avec l'âge, mais dernièrement, quand je me suis maquillée, j'ai eu l'impression que mon visage se dédoublait. Ce n'était pas naturel, j'étais mal à l'aise. Et puis, avant la date de remise d'un manuscrit, j'ai les traits fatigués... Comme je dois rencontrer mon responsable, pour une fois, je me maquille avant de sortir. D'habitude, je ne me maquille plus. Pas la peine de le faire pour une sortie dans le voisinage. Je n'aime pas me fatiguer !

Mais après tout, ce n'est pas très important...

J'avais dessiné l'histoire des petits bonshommes dans le manga précédent, et beaucoup de mes lecteurs m'ont écrit pour me donner des informations à leur sujet.

Merci à tous pour vos lettres !!

Ça m'a vraiment fait très plaisir.

Oui.

À suivre...

* MISO : CONDIMENT FABRIQUÉ À PARTIR DE PÂTE DE HARICOT ROUGE ET QUI COMPTE PARMI LES INGRÉDIENTS DE BASE DE LA CUISINE JAPONAISE.

OH !
NOUS N'AVONS PAS ASSEZ D'EAU !
BONG
EXCUSEZ-MOI...
TU NE DEVRAIS PAS ATTENDRE QUE LES CLIENTS TE LE DEMANDENT !!
OUI, DÉSOLÉ, MAIS IL Y A DU MONDE.
MAIS...
CE GARÇON...
À L'INSTANT... ... CE N'ÉTAIT PAS SANADA...?
EST-CE UNE ILLUSION...?
MAIS OUI !
C'EST RYÛ !
OUI.
IL...
... TRAVAILLE ICI.
AH ! VOUS CONNAISSEZ TOUTES RYÛ !?
VOILÀ LE MISO !
SON PÈRE
QUOI !?
J'AI TOUT MANGÉ !!
VIDE
DÉCIDÉMENT, VOS NOUILLES SONT LES MEILLEURES, PATRON !!!

C'EST ENCORE MEILLEUR QUAND ON LES MANGE À PLUSIEURS...
C'ÉTAIT VRAIMENT DÉLICIEUX.
BON, ON MONTE LES PREMIÈRES !
OUI, FAITES COMME CHEZ VOUS !
VOILÀ, JE PAIE POUR TOUT LE MONDE !
MONTER !?
TAP TAP TAP TAP
たんたんたんたん
ALLEZ, VENEZ !
C'EST UN PEU EN DÉSORDRE, MAIS CE N'EST PAS GRAVE !
C'EST CHEZ TOI, ICI ?
MAIS NON, C'EST CHEZ RYÛ, JE TE DIS !
TU LE SAIS TRÈS BIEN !
CE N'EST PAS CE QUE JE VEUX DIRE...
EUH...
TU ES SÛRE QU'ON PEUT... ?
MÊME MOI... ?
SI JE TE DIS QUE ÇA VA, C'EST QUE ÇA VA !!
HUM...
YANO ET YOSHIDA SONT VRAIMENT MES AMIES À PRÉSENT.
GÉNIAL !
EH BIEN ! DÉTENDS-TOI !
STRESSÉE
きんちょー
DOM DOM
ドキドキ
PRENDS EXEMPLE SUR CHIZU !!
BIP BIP
ピロリロリ
AH !
EXCUSEZ-MOI...
C'EST MON TÉLÉPHONE !
CE N'EST PAS GRAVE !
ALLO !
TIENS !
EUH... OUI...
OUI...
QUOI ? MAINTENANT ?

EXCUSE-MOI...
... AUJOURD'HUI, JE NE PEUX PAS VENIR, JE SUIS AVEC DES AMIES.
QUOI ? MAIS NON, CE SONT DES FILLES !
DITES QUELQUE CHOSE.
NOUS... NOUS AVONS MANGÉ DES NOUILLES !! OUI, DES NOUILLES AU MISO !! ÇA SENTAIT BON...
TOUTES LES DEUX MAL À L'AISE.
OUI ?
D'ACCORD, JE T'ENVERRAI UN E-MAIL.
OUI, À PLUS TARD.
BIP
C'ÉTAIT TON COPAIN ?
AH !
OUI.
IL M'A DIT DE LUI ENVOYER UN MAIL À 10 HEURES.
PFOU... IL EST PÉNIBLE !
ÇA VA ?
OUI !
UN MONDE INCONNU
UN PETIT AMI !!
TON COPAIN ACTUEL, IL VA À L'UNIVERSITÉ ?
"TON COPAIN ACTUEL..."
VOUS... VOUS ÊTES DES ADULTES...!!
C'EST DINGUE ! YANO A UN COPAIN...!!
C'EST GÉNIAL...!!

...
PFF...
NE T'INQUIÈTE PAS ! TOI AUSSI, SADAKO, TU VAS BIENTÔT PLONGER DANS LE MONDE ÉBLOUISSANT DES ADULTES...
ÉBLOUISSANT...
PLONGER...
COMME CHIZU !!
HI ! HI !
ARGH !!
ADULTE, ADULTE... TU PEUX DONC VENIR À BOUT DE 99 TYPES, YANO ?
AH OUI... CE RECORD BIZARRE DE 99 VICTOIRES SUCCESSIVES...
CE N'EST PAS BIZARRE, C'EST DINGUE !!
?
?
EN TOUT CAS, S'IL Y AVAIT 100 VICTOIRES SUCCESSIVES, JE ME DEMANDE QUELLE TÊTE AURAIT LE CENTIÈME GARÇON !
UH...
...
CLANG
RYÛ...
OH !
FÉLICITATIONS, RYÛ, TU M'AS EMPÊCHÉE D'ARRIVER À 100 !
LA HONTE
YOSHIDA...
PARDON...?
TU DÉBARQUES PILE AU MAUVAIS MOMENT !!
C'EST MA CHAMBRE...
AH !!
HUM ?
EXCUSEZ-MOI...
... EST-CE QUE...
DOMM DOMM
DOMM DOMM

... TOUS LES DEUX...
... VOUS SORTEZ ENSEMBLE...!?
J'EN ÉTAIS SÛRE...!!

MAIS NON !!
RYÛ, DIS QUELQUE CHOSE, TOI AUSSI !
AH ! JE ME SUIS TROMPÉE...!?
OUI.
ELLE A RAISON.
NON, LÀ TU RÉPONDS PAR UNE AFFIRMATION !!
CHIZU ET MOI...
... SOMMES COMME DEUX FRÈRES.
DES FRÈRES !?
男兄弟!?
STOP
ATTENDS !!
ALORS, QUI EST L'AÎNÉ ET QUI EST LE CADET !?
C'EST MOI LE PLUS ÂGÉ...
TON ANNIVERSAIRE TOMBE APRÈS LE MIEN !!
C'EST TOI, LE GRAND FRÈRE !!
POUVOIR SE RENTRER DANS LE LARD, C'EST PEUT-ÊTRE ÇA QUI DISTINGUE LES GARÇONS...
J'ENVIE LES GARÇONS...
ÇA ALORS...
JE VOUS ENVIE, JE N'AI PAS DE FRÈRES...
VOUS VOUS ENTENDEZ VRAIMENT BIEN...
TOI AUSSI ...
... TU EN RAJOUTES ?
DES RIRES.
UNE BONNE AMBIANCE.
DES AMIES QUE J'ADORE.

JE PEUX...
... RESTER AVEC ELLES...
AH !
ET SI ON APPELAIT KAZEHAYA ?
KAZEHAYA !?
CE SERAIT DOMMAGE QUE RYÛ SOIT LE SEUL À PROFITER DU HAREM !!
...
UN HAREM ...?
OÙ ÇA ...?
ALORS !?
CE N'EST PEUT-ÊTRE PAS FACILE POUR RYÛ D'ÊTRE LE SEUL GARÇON.
RYÛ, PASSE-MOI TON PORTABLE !
TIENS, SADAKO !
QUOI !?

EUH...
MOI !?
OUI.
VOUS CROYEZ QUE JE PEUX !?
HA ! HA ! HA !
POURQUOI PAS ?
ALLEZ, APPELLE-LE !
PANIQUÉE
BRR BRR
HA ! HA ! HA ! HA !
JE... JE SUIS TENDUE...
COMME IL S'ATTEND À CE QUE L'APPEL VIENNE DE RYÛ, IL VA ÊTRE DRÔLEMENT SURPRIS DE RECEVOIR L'APPEL D'UNE FILLE !
C'est une responsabilité importante par rapport à son réseau d'amis !
CLAC CLAC
CE N'EST PAS SI IMPORTANT.
LES RÉSEAUX D'AMIS NON PLUS !
TU N'AS QU'À APPUYER SUR CE BOUTON POUR L'APPELER...
Shôta
WAOUH !
JE...
... JE TREMBLE...
SHÔTA...
QU'EST-CE QUE JE DOIS FAIRE ?
HA ! HA ! HA !
C'EST TOUT SIMPLE, NE SOIS PAS SI ANGOISSÉE.
KAZEHAYA VA RÉPONDRE TOUT DE SUITE.
OUT DE SUITE !?

JE TREMBLE DE PLUS EN PLUS !!
CE N'EST QU'UN RENDEZ-VOUS... POURQUOI SUIS-JE SI STRESSÉE !?
DOMM DOMM DOMM DOMM
DIS-LUI : "L'AMBIANCE COMMENCE À MONTER, VIENS IMMÉDIATEMENT !"
OU ALORS : "RYÛ EST LE SEUL GARÇON, IL NOUS FAIT DE LA PEINE...
DOMM DOMM DOMM DOMM DOMM DOMM DOMM DOMM
POURTANT ...
Shôta
... J'AIMERAIS TANT QU'IL VIENNE...
TCHAC TCHAC TCHAC
TÉLÉPHONE !
TCHAC TCHAC TCHAC TCHAC TCHAC
QUI C'EST !?
QUI C'EST, SHÔTA !?
AH ! C'EST RYÛ !
DIS ! MOI AUSSI JE VEUX BAVARDER AVEC RYÛ !
ATTENDS, ATTENDS !
ALLO, RYÛ ?
HE ! ARRÊTE ! AÏÏE !

EUH... C'EST TOI, KAZEHAYA ?
C'EST KURONUMA...
BADA DOMM DOMM
QU'EST-CE QU'IL Y A ? QU'EST-CE QU'IL Y A ?
KURO...
MAIS !?
C'EST LE PORTABLE DE RYU...
ALORS !?
QU'EST-CE QUE VOUS FAITES !?
HA ! HA ! HA ! IL EST SURPRIS, IL EST SURPRIS !
ON ENTEND TOUT !
JE SUIS CHEZ SANADA CE SOIR...
NOUS SOMMES ALLÉES MANGER DES NOUILLES AVEC YANO ET YOSHIDA...
ET NOUS SOMMES TOUS ENSEMBLE À PRÉSENT...
OH !
COMMENT !?

...
... NOUS... NOUS AMUSONS BEAUCOUP ET...
... NOUS PENSIONS QUE CE SERAIT ENCORE MIEUX SI TU ÉTAIS LÀ...
PRÊTE-LE-MOI !
JE VEUX PARLER À RYÛ !..
BIP
JE SAUTE SUR MON VELO ET...
... J'ARRIVE !!
TAP TAP
TAP TAP
IL... A DIT QU'IL VENAIT !!
...
KAZEHAYA ..?
HA ! HA ! HA !
TU ES HEUREUSE D'ÊTRE AVEC NOUS...
snif...
...
SHÔTA...
GLING

ÇA ALORS... VOUS ÉTIEZ TOUS LES TROIS DANS LA MÊME CLASSE AU COLLÈGE !
C'EST MOI.
EN DEUXIÈME ET EN TROISIÈME, OUI.
EN PREMIÈRE ANNÉE, RYÛ ÉTAIT DANS UNE AUTRE CLASSE.
WAOUH ! QUEL SOURIRE GLACIAL !
VOYONS... RYÛ ET KAZEHAYA...
IL N'A PAS CHANGÉ DU TOUT...
C'EST EFFRAYANT !...
IL A TOUJOURS ÉTÉ AINSI DEPUIS QUE JE LE CONNAIS...
AH !
MAIS JE GRANDIS ENCORE
...!

WAAH ! C'EST KAZEHAYA LORSQU'IL ÉTAIT AU COLLÈGE...!
HA ! HA ! HA ! HA !
IL A UN PEU L'AIR D'UN ENFANT !
C'EST ÇA, LE KAZEHAYA QUE NOUS CONNAISSONS TOUS !?
SES CHEVEUX !!
ILS SONT COURTS !!
OUI, PARCE QU'IL FAISAIT PARTIE DU CLUB DE BASEBALL...
SES CHEVEUX COMMENÇAIENT JUSTE À REPOUSSER APRÈS QU'IL AVAIT EU LA BOULE À ZÉRO...!
MAIS RYÛ AUSSI A PRESQUE LA BOULE À ZÉRO...
ÇA N'A AUCUN RAPPORT AVEC LE CLUB DE BASEBALL.
C'EST PLUS FACILE COMME ÇA...
VOILÀ COMMENT IL EST...
PAF
SHÔTA...
... SE DÉBROUILLE BIEN AU BASEBALL !
PIN EST DÉÇU CAR KAZEHAYA NE JOUE PAS DANS LE CLUB DU LYCÉE.
...
VOICI LE KAZEHAYA QUE JE NE CONNAIS PAS...

*: SOFTBALL : SPORT DESCENDANT DIRECTEMENT DU BASEBALL ET PRATIQUÉ PAR DEUX ÉQUIPES DE 9 À 12 JOUEURS. CONTRAIREMENT AU BASEBALL, LA BALLE EST PLUS GRANDE, LE TERRAIN EST PLUS PETIT ET LE JEU PLUS TACTIQUE.

NOUS POURRONS MANGER PLEIN DE BONNES CHOSES !!
UNIQUEMENT DURANT LE VOYAGE DE FIN D'ANNÉE.
OUI !
CE SERA CHOUETTE !
J'EN SUIS SÛRE.
ÊTRE HEUREUSE...
... C'EST POUVOIR PARLER AVEC TOUT LE MONDE...
AH !...
JE ME RÉJOUIS DE CONNAITRE ÇA !
JE M'EN RÉJOUIS VRAIMENT !
QUI EST-CE...?
LA POUPÉE FRANÇAISE !
HUM ? TU LA CONNAIS ? TU CONNAIS KURUMI ?
OUI, UN JOUR ELLE M'A RAPPORTÉ MES PHOTOCOPIES...
ET ALORS ?
EUH...
AUTREFOIS, ELLE PRÊTAIT DES CD À KAZEHAYA.
AH OUI... AU FAIT, QU'EST-CE QU'IL FABRIQUE ?
POURQUOI FAIS-TU CETTE TÊTE ?
POUR RIEN.
JE CROIS QUE KURUMI DOIT AVOIR DU SUCCÈS AVEC LES GARÇONS !
PAS VRAI, RYÛ ?
QU'EN DIS-TU ?
ÇA, C'EST SÛR !
ALORS !?

...
Elle n'est pas mon type de fille.
Catégorique
Alors, que dis-tu de ce genre-ci ?
Oups !
ずいっ
Elle est mignonne pourtant...
Encore faudrait-il que tu en aies un !
Insolente
Je l'aime bien, tout simplement.
...
De la sympathie !!
...!!
Moi...
Moi aussi, je t'aime bien, Sanada...!!
Merci !!
Émue
Hum !
うん。
じーん...
Et nous alors ?
Vous...
Euh...
が一
Je vous adore !!
Pof
ぽっ
Alors, Sadako...
Et Kazehaya ?
C'était donc ça... J'ai été surprise, pendant un instant...
Ils se ressemblent un peu, tous les deux...

...
...
...
JE...
... JE...
...
... JE L'ADORE...
PSS...
QU'EN PENSES-TU ?
L'ADORE-T-ELLE COMME ELLE NOUS ADORE ? EST-CE DIFFÉRENT ?
PSS...
HUM... JE ME LE DEMANDE...
OH ! JE SUIS GÊNÉE !!
C'EST BIZARRE, JE ME METS À TRANSPIRER...
PEUT-ÊTRE QU'ELLE L'IGNORE AUSSI !?
PSS...
À MON AVIS, ELLE L'IGNORE...
PSS...
DIS, SADAKO, À CE PROPOS...
TAP
ALORS, QU'EN PENSES-TU ?
SURPRISE
C'EST À TOI DE GRIMPER PETIT À PETIT LES MARCHES QUI MÈNENT AU MONDE DES ADULTES, TU NE CROIS PAS ?
HU HU HU...
OH ! J'AI L'IMPRESSION D'ÊTRE UNE MÈRE QUI VEILLE SUR LA CROISSANCE DE SON ENFANT...
POURQUOI FAUT-IL QUE CES MOTS SEMBLENT INDÉCENTS QUAND ILS SORTENT DE TA BOUCHE, YANO...?

BLING
TIENS !?
OBSERVATION
PATRON, UN GRAND BOL DE MISO !!
HI ! HI !
...
BONSOIR, PIN !!!
BIEN !!
J'AI DE LA CHANCE ! ILS NE M'ONT PAS ENTENDU ARRIVER !
J'AI FAILLI ME TROUVER DANS UNE SITUATION DÉLICATE !!
JE L'AI ÉCHAPPÉ BELLE !
ME VOILÀ !
あははは
HA ! HA ! HA ! HA !
わい わい
VACARME
TU NE TROUVES PAS QUE KAZEHAYA A LES CHEVEUX PLUS LONGS QUE LES AUTRES JOUEURS DU CLUB DE BASEBALL ?
IL Y A DE L'AMBIANCE ...

LUI, SES CHEVEUX POUSSENT VITE !
HA ! HA !
ギャははは
HA !
HA ! HA !
TIENS DONC !?
ILS POUSSENT SI VITE QUE ÇA ?
MAIS C'EST UN OBSÉDÉ SEXUEL, ET UN TACITURNE, EN PLUS !!
HA !
ギャははは
HA !
HA ! HA !
ガーン
CLANG
JE NE SUIS NI UN OBSÉDÉ SEXUEL, NI UN TACITURNE !
VLAN
WAOUH ! QUELLE SURPRISE !
TA RÉACTION TE TRAHIT !!
HA !
あ。

CLAC
C'EST...
C'EST UNE RÉACTION NORMALE, TU SAIS ! TRÈS NORMALE !
OUH... CE N'EST PAS TRÈS CONVAIN-CANT !!
ELLE DIT TOUT CE QU'ELLE VEUT...
TU POURRAIS AU MOINS ÊTRE CAPABLE DE DIRE "JE SUIS UN VÉRITABLE OBSÉDÉ" !!
ZUMM
C'EST UNE RÉACTION NORMALE !
HI ! HI !
IL EST TRÈS GARÇON...

HA ! HA ! HA ! HA !
SADAKO RIT, KAZEHAYA !
QU'EST-CE QUE VOUS ME VOULEZ, À LA FIN ? NE RIS PAS, KURONUMA !
ENCORE !!
!!
AH !
MAIS JE N'AI PAS LA MOINDRE INTENTION DE ME MOQUER DE TOI !
GÊNÉE
おろ おろ
JE TE CHARRIE !
SOURIS !
EUH...
J'AI ESSAYÉ D'ÊTRE UN PEU MÉCHANT !
IL ME SEMBLE...
... QUE MON COEUR BAT ENCORE PLUS LA CHAMADE QUE D'HABITUDE

* PEDRO MARTINEZ : NOM D'UN JOUEUR DE BASEBALL. VOIR TOME 1.

C'EST UN CHIEN OU UN CHIOT ?
QU'EN PENSES-TU ?
...
SADAKO...
NON, SAWAKO !
OUI !?
APPROCHE-TOI UN PEU ET VIENS T'ASSEOIR À CÔTE DE MOI.
EUH, OUI !!
じーん
ÉMUE
POUR LA SECONDE FOIS !!
EH BIEN, EH BIEN ! VIENS ICI, TOI !!
OUI !
DONG
HA ! HA ! HA ! SUPER !!
OUI !
DONG
...
HA ! HA ! HA ! QU'EST-CE QUE C'EST QUE CA ?
HI ! HI ! HI !
きゃっ きゃっ
むぎゅ
GRATTE
WAOUH ! COMME TU AS LA PEAU DOUCE, SAWAKO ! TU FAIS TRÈS "FILLE" !
ET TU SENS BON !
HA ! HA ! HA ! HA !

MUET
NON SEULEMENT ELLES ONT PRIS MA PLACE, MAIS EN PLUS, ELLES SE FONT DES PAPOUILLES !..
AH !! GÉNIAL !!
DANGER !!
LE PRINCE CHARMANT PASSE UN MAUVAIS MOMENT !
NOUS AVONS TROUVÉ QUELQUE CHOSE DE TRÈS AMUSANT !
WAOUH !
WAAH !
WAAH !
WAAH !
WAAH !
HUM ?
C'EST DRÔLEMENT BRUYANT AU-DESSUS AUJOURD'HUI, PATRON !
SLURP
SLURP
OUI, LES AMIS DE RYÛ SONT LÀ !
CE SONT TOUS DES GENS DE TON LYCÉE !
QUOI ? SHÔTA ET LES AUTRES SONT LÀ ?
BIEN, JE VAIS ALLER JETER UN COUP D'OEIL.
C'ÉTAIT DÉLICIEUX !
MERCI !!
TAP TAP
TAP TAP
BLA...
BLA...

VLAN
C'EST L'HEURE, LES ENFANTS !!
PIN !!
HOLÀ !
ZUT !
QUE... QUE FAIT ICI LE PROFESSEUR ARAI !?
EST-CE QU'ON VOUS A DIT QUE NOUS FAISIONS TROP DE BRUIT !?
NON, CE N'EST PAS ÇA, KURONUMA.
AH !
RENTRE CHEZ TOI, RABAT-JOIE !!
C'EST DE TA FAUTE !!
C'EST PLUTÔT VOUS QUI ALLEZ FILER CHEZ VOUS FAIRE UN GROS CACA, PUIS VOUS COUCHER !
ADORE SEMER LE TROUBLE.
HA ! HA ! HA ! HA !
JE VIENS DE LA LITTLE LEAGUE QUE SON PÈRE DIRIGE !
CAR JE L'AI CONNU QUAND IL FAISAIT ENCORE DANS SES COUCHES !
HA HA HA HA !
HUM ?
OH !!
ET COMME JE SUIS UN HABITUÉ DE CHEZ RYÛ, JE NE ME GÊNE PAS !
TOUT EST LIÉ !
C'ÉTAIT DONC ÇA !!
JE L'IGNORAIS !
ÇA ALORS !!
TU...
TU ES DONC DOTÉE D'UNE MÉMOIRE...?
CETTE SOIRÉE RESTERA GRAVÉE DANS MA MÉMOIRE !!
ÉMUE
OUI !

DITES ! EST-CE QUE TOUT LE MONDE VA BIEN !?
APRÈS AVOIR RENCONTRÉ CETTE FILLE, JE ME SUIS MIS À VOIR DES PETITS BONS-HOMMES !!
NON !? DES PETITS BONS-HOMMES !!?
BIP
QUOI !?
SURPRISE
!!
PIN !!
JE VAIS VRAIMENT ME FÂCHER !
EUH...
1 M 60
MOQUEUSE
VOYONS... CHEZ MOI AUSSI, IL Y EN A UN...
C'EST VRAI...!?
PIN, T'EST-IL DÉJÀ ARRIVÉ DE TE SENTIR PARALYSÉ ?
...
MOI ?
QUAND J'ÉTAIS PETIT, ÇA M'ARRIVAIT TOUT LE TEMPS !
IL FAUT DIRE QUE J'ÉTAIS EN PLEINE CROISSANCE.
MÊME AUJOURD'HUI, ÇA M'ARRIVE ENCORE ! JE SUIS PEUT-ÊTRE ENCORE EN TRAIN DE GRANDIR ?
QUAND TU N'ARRIVAIS PAS À BOUGER, TU N'ENTENDAIS PAS DES VOIX ?
OUI, J'ENTENDAIS UNE FEMME PARLER À CÔTÉ DE MOI.
C'ÉTAIT PEUT-ÊTRE...
MAIS IL EST ENCORE TROP TÔT POUR QUE JE VOUS RACONTE CE GENRE D'HISTOIRES !
HA ! HA ! HA ! HA !

TU ENTENDAIS DU BRUIT DANS TA CHAMBRE ?
OUI ! PARCE QUE NOTRE MAISON ÉTAIT VIEILLE !!
QUAND J'ÉTAIS COUCHÉ, J'ENTENDAIS DES GRINCEMENTS ET DES COUPS RÉPÉTÉS !
JE VOIS QUE TU CONNAIS LA QUESTION !
LA LUMIÈRE S'ALLUMAIT ET S'ÉTEIGNAIT ! IL Y AVAIT UN FAUX CONTACT !
TU NE CROIS PAS QUE C'ÉTAIT TOUT SIMPLEMENT DÛ AU FAIT QUE TU ES SENSIBLE AUX FANTÔMES ?
AAAH !!
ガーン!!
MAINTENANT QUE TU LE DIS, HIER SOIR, JE SENTAIS COMME UN POIDS, ET JE NE SUIS PAS ARRIVÉ À DORMIR !
QU'EST-CE QUI SE TROUVAIT DONC SUR TOI... ?
DIS... ...
TU...
... TU DEVRAIS VERSER DU SEL DANS TON BAIN. JE CROIS QUE ÇA T'AIDERAIT À DORMIR...
CETTE FILLE...
ME SUIS-JE RENDUE UTILE ?
SI C'ÉTAIT UNE EXORCISTE !?
ENCHANTÉ !!
DÉMON !!
DU SEL PURIFICA-TEUR !?
CELA DÉTENDRAIT TON CORPS, ET AINSI TU T'ENDORMIRAIS FACILEMENT...

RAAH !
だーー!!
ÇA SUFFIT, PIN, VA-T'EN !!
QUOI !?
IL NE FAUT PAS PRENDRE DES AIRS DE PROF DANS CES MOMENTS-CI SEULEMENT !
ARGH !
ARGH !
ぎゃー ぎゃー
POURQUOI !? VA-T'EN TOI-MÊME !!
VOUS M'ENNUYEZ, ALLEZ, RENTREZ CHEZ VOUS !
IL VA BIENTÔT ÊTRE 9 HEURES !!
PFF.
BON ! ET SI NOUS RENTRIONS ?
IL EST CHARMANT QUAND IL EST EN COLÈRE !!
CE QU'ILS SONT BÊTES, TOUS LES DEUX !
HA ! HA ! HA !
IL PEUT AUSSI...
HUM...
... PRENDRE CET AIR-LÀ...

...
JE ME SUIS BIEN AMUSÉE...
C'EST VRAI !
NOUS REMETTRONS ÇA...
... ENCORE ET ENCORE !
MICROPHONE SPORTSWEAR
OUI...
J'AIME PASSER LE SAMEDI SOIR...
... AVEC MES AMIS.
AU REVOIR !
NOUILLES

JE N'ARRIVE PAS À CROIRE QUE J'AIE PU ME TROUVER ICI AVEC EUX.
AH !
JE DOIS ALLER AU KONBINI*, ALORS RENTRONS ENSEMBLE !
SUPER !
MON COEUR BAT LA CHAMADE MAIS JE ME SENS BIEN.
* KONBINI : SUPÉRETTE OUVERTE TOUTE LA NUIT.
GÉNIAL...
JE COMPTE SUR TOI, GENTLEMAN !
TIENS BON, LE GENTLEMAN !
BYE-BYE, SADAKO !!
BYE-BYE...!
CES FILLES SONT VRAIMENT PÉNIBLES !!
BLING BLING
TOUT LE MONDE RIAIT...
... J'ÉTAIS VRAIMENT HEUREUSE.

NOUS REMETTRONS ÇA ENCORE ET ENCORE.
À PLUS, CHIZU !
À PLUS AUSSI, RYÛ.
TAP
スタスタスタスタ
SALUT, YANO !
TAP TAP
ARGH !!
COMMENT SE FAIT-IL QUE TU PRENNES LA MÊME DIRECTION QUE MOI !?
JE VAIS OÙ JE VEUX !
TU ME GÊNES, ALORS, TU N'AS QU'À MARCHER PLUS LOIN !
LA FERME ! RENTRER SEUL, ÇA ME FAIT PEUR !!
QUE FERAI-JE SI JE RENCONTRE UN FANTÔME ?
HUM ? QUE FONT-ILS ? TOUS LES DEUX...
GYAAH ! GYAAH !
ギャー ギャー
BON, JE CROIS QUE JE VAIS RENTRER ET PRENDRE UN BAIN.
AH...
MICROPHONE

AU FAIT, QUEL EST TON TYPE DE FILLE ?
HA ! HA ! HA ! HA !
MON TYPE ?
PAF
AÏE...
TU AS DIT QUE KURUMI N'ÉTAIT PAS TON GENRE, ALORS EXPLIQUE-TOI !!
OUI...
...
UNE FILLE SIMPLE ET DISCRÈTE, TU VOIS ?
...
TU...
CE SONT DES GOÛTS DE MANIAQUE, ÇA !
SI ON VEUT.
SIMPLE ET DISCRÈTE... COMME SADAKO ...?
CE N'ÉTAIT PAS LA PEINE D'EN FAIRE AUTANT.

PARCE QUE JE SUIS AU COURANT.
QUE...?
QUE VEUX-TU DIRE ?
TU ES VENU M'AVERTIR ?
TU VEUX DIRE QUE VOUS VOUS ÊTES RÉCONCILIÉES ?
GRR...
MICROPHONE SPORTSWEAR

PFF !!
MON COEUR...
... BAT TOUJOURS LA CHAMADE.
BLING BLING
COMME C'ÉTAIT AGRÉABLE...
JE...
... SUIS HEUREUSE D'ÊTRE DANS CE LYCÉE.
C'EST GÉNIAL D'ÊTRE DANS LA MÊME ÉCOLE QUE VOUS TOUS !
...
EST-CE QUE...
... TU ME COMPTES PARMI TES AMIS ?
BIEN SÛR !!

SI TU N'ÉTAIS PAS LÀ...
... MA VIE SERAIT DIFFÉRENTE !!
HA ! HA ! HA ! HA !
TU EXAGÈRES !
J'EN FAIS TROP ?
DÉSOLÉ, DÉSOLÉ...
あはは
HA ! HA ! HA !
FAIRE SEMBLANT DE BOUDER ?
... JE VOULAIS JUSTE FAIRE SEMBLANT DE BOUDER UN PEU !
CE N'EST PAS VRAI...

EN FAIT, JE VOULAIS SEULEMENT ME RASSURER !
J'AI VU SON VISAGE À L'ÉPOQUE OÙ IL ÉTAIT AU COLLÈGE, UN VISAGE INCONNU.
JE LUI AI VU AUSSI D'AUTRES VISAGES POUR LA PREMIÈRE FOIS.
JUSTE UN PEU, D'ACCORD ?
AUJOURD'HUI, J'AI PEUT-ÊTRE RÉUSSI À ENTREVOIR LE KAZEHAYA QUE JE NE CONNAISSAIS PAS ?!
J'AI L'IMPRESSION D'ÊTRE HEUREUSE.
QU'EST-CE QUE TU VAS ACHETER AU KONBINI ?
...
SOURIRE

HUM...
QU'EST-CE QUE JE POURRAIS BIEN ACHETER ?
QUOI ? ALORS...!?
DORÉNAVANT...
... JE POURRAI SÛREMENT LUI DÉCOUVRIR D'AUTRES VISAGES.

Episode 9.
DÉSIR D'INDÉPENDANCE

AU FAIT...
... TU SAIS CE QU'ON RACONTE À PROPOS DU GROUPE D ?
AU SUJET DU DERNIER TEST ?
TU FAIS ALLUSION AUX NOTES DE SADAKO ?
OUI, C'EST ÇA, LES NOTES DE SADAKO !!
J'AIMERAIS BIEN LES AVOIR, MOI AUSSI.
MOI AUSSI.
KURUMI !

DÉSOLÉES, NOUS T'AVONS FAIT ATTENDRE ?
NON !
PAS DU TOUT !
AH ! TANT MIEUX !
TU ES SI GENTILLE.
À PROPOS...
ON PARLE PARTOUT DE SADAKO CES DERNIERS TEMPS !
L'AUTRE JOUR, ELLE A PARTICULIÈREMENT FAIT PARLER D'ELLE !
MAIS, EN FAIT, QUEL GENRE DE FILLE EST-ELLE ?
JE NE SAIS PAS QUOI PENSER !
EH BIEN... TU T'EN SOUVIENS ?
L'AUTRE JOUR ON L'A VUE AVEC KAZEHAYA !
AH OUI ! C'EST VRAI !
ON S'EST DEMANDÉ S'ILS SORTAIENT ENSEMBLE, PUIS ON S'EST DIT QUE C'ÉTAIT IMPOSSIBLE !
HA ! HA ! HA ! EN EFFET !
VOUS CROYEZ ?
QU'Y AURAIT-IL D'ÉTRANGE À CE QUE KAZEHAYA SOIT TOMBÉ AMOUREUX D'ELLE ?

HA ! HA ! HA ! HA ! HA !
ÇA...
... AVEC KAZEHAYA !?
JE NE LE CROIS PAS ! C'EST IMPOSSIBLE !!
KAZEHAYA ÉTANT COMME IL EST, IL NE PEUT PAS LA LAISSER TOMBER, C'EST TOUT !
JE LE VERRAIS PLUTÔT AVEC TOI, KURUMI !
JAMAIS DE LA VIE !!?
MÊME SI NOUS NOUS CONNAISSONS BIEN, C'EST IMPOSSIBLE !
QU'EST-CE QUE VOUS RACONTEZ LÀ !?
HA ! HA ! HA ! HA !
NOUS ÉTIONS DANS LE MÊME COLLÈGE, C'EST TOUT !
POURTANT CE SERAIT BIEN SI VOUS ÉTIEZ ENSEMBLE !
VOUS ALLEZ SI BIEN ENSEMBLE !
MÊME S'IL NE TE PLAIT PAS, IL POURRAIT TOMBER AMOUREUX DE TOI !
VOICI OÙ EN SONT LES CHOSES CES TEMPS-CI...

J'AI L'IMPRESSION QUE TOUTES SORTES DE PHÉNOMÈNES ÉTRANGES SE PRODUISENT AUTOUR DE MOI.
AH !
C'EST SADAKO.
HÉ ! FAIS-NOUS UNE DRÔLE DE TÊTE !
UNE DRÔLE DE TÊTE ?
COMME ÇA !?
ALLEZ !
ALLEZ !!
...
?
EUH... VOYONS ...?!
VIENS !
VIENS !
VIENS !
VIENS !
BOUUUH !!!
BOUUH !!
JE PENSE QUE J'AI RATE MON COUP.
QU'EST-CE QUI S'EST PASSE ?
J'AI... FOIRE ...?!
JE N'AI MÊME PAS PU LES SALUER.
J'AI DU MAL À M'EXPRIMER TANT JE SUIS ÉTONNÉE...
... MAIS JE SUIS CONTENTE QUE L'ON NE M'ÉVITE PLUS...
QUAND SADAKO RIT, C'EST QUE LE BONHEUR N'EST PAS LOIN !

LE BONHEUR !!
C'EST BIEN LA PREMIÈRE FOIS...
... QU'ON ME DIT ÇA...!!
ÉMUE
HA ! HA ! HA !
NOUS SOMMES BIEN CONTENTES POUR TOI !
JE RIS !
ÇA ALORS, JE RIS !!
HE ! RACONTEZ UNE BLAGUE À SADAKO !!
EN BUVANT DU COCA...
... JE ME SUIS PRIS UN JUS !
Hu Hu Hu Hu Hu...
にぃ…
NYARK !
凍
PÉTRIFIÉES
ÇA ALORS...
LÀ, C'EST UN ÉCHEC SUR TOUTE LA LIGNE !
POUR LA BLAGUE COMME POUR TON SOURIRE !
OUI, C'EST UN VRAI FIASCO !
DANS TOUS LES SENS DU TERME...
POURQUOI CELA FAIT-IL CET EFFET-LÀ LORSQUE TU ESSAIES DE RIRE...?

BONJOUR !
SALUT !
BONJOUR, YANO... BONJOUR, YOSHIDA...!
ON DIRAIT QUE TU ES DÉJÀ DEVENUE AMIE AVEC HIRANO ET ENDÔ...
AMIES !?
A...
... AMIES...!?
HIRANO
OUI.
ENDÔ
OUI, NOUS SOMMES AMIES !
"NOUS SOMMES DEVENUES AMIES SANS MÊME QUE JE M'EN RENDE COMPTE !"
ÉMU
JE... SUIS HEUREUSE !!
C'EST LE PLUS BEAU MOMENT DE MA VIE !!
HIRANO ET ENDÔ...
... C'EST LONG À PRONONCER, C'EST PÉNIBLE DE VOUS APPELER COMME ÇA. SI NOUS ESSAYIONS AUTRE CHOSE ?
UN SURNOM, PAR EXEMPLE ?
MOI, C'EST EKKO !
ET MOI, TOMO.
DE NOUVEAU ÉMUE.

VOUS AUSSI, VOUS DEVEZ TROUVER QUE YANO ET YOSHIDA C'EST FORMEL, N'EST-CE PAS ?
DANS CE CAS, VOUS POUVEZ NOUS APPELER CHIZU, YANO-CHIN* OU ENCORE AYANE, D'ACCORD ?
C'EST_
C'EST PLUS DOUX...!
QUOI ?
QU'EST-CE QUE TU DIS ?
BRAVO POUR TON IDÉE...
ENTENDU ! CHIZU-CHAN ET AYANE-CHAN !
AINSI NOUS POUVONS TOUTES NOUS APPELER PAR NOTRE PRÉNOM, N'EST-CE PAS ?...!!
WAAH ! JE L'IGNORAIS ! J'AI APPRIS QUELQUE CHOSE !!!
NON, ÇA N'A VRAIMENT RIEN DE DOUX.
D'HABITUDE, ON EN VIENT NATURELLEMENT À S'APPELER PAR SON PRÉNOM.
* APRÈS UN NOM, "-CHIN" PERMET DE FORMER LE DIMINUTIF DU NOM EN QUESTION. IL EST PLUS FAMILIER QUE LE SUFFIXE "-CHAN", UN AUTRE DIMINUTIF.
TU TE SOUVIENS DES NÔTRES ?
EUH !?
EKKO.
TOMO.
CHIZU.
AYANE.

DIS-LES, TOI AUSSI.
JE...
... MOI AUSSI...!?
ALLEZ, ALLEZ !
ESSAIE...
A...
A...
A...
AAA...
AAAA... AYANE-CHAN...
CHI... CHI... CHI...
CHI... CHI... CHIZU-CHAN...!
HA ! HA ! HA !
OH ! ELLE L'A DIT !
IL Y A BEAUCOUP DE "A" ET DE "CHI", TU NE TROUVES PAS ?
E... EK... EKKO-CHAN !
TO... TO... TOMO-CHAN...!
WAOUH ! QUELLE AGRÉABLE SENSATION DE FRAÎCHEUR !
C'EST DRÔLE, MAIS JE SUIS TOUTE CONTENTE !

ÉMUE
ELLES SONT CONTENTES...
JE ME SENS UN PEU GÊNÉE...
OUI...
TU ES DÉJÀ SUFFISAMMENT CÉRÉMONIEUSE COMME ÇA !
DÉSORMAIS ESSAIE DE NOUS APPELER PAR NOS PRÉNOMS, D'ACCORD* ?
CE SERAIT BIEN...
PAR VOS PRÉNOMS !?
* APPELER QUELQU'UN PAR SON PRÉNOM AU JAPON DÉNOTE UNE CERTAINE FAMILIARITÉ AVEC L'INTERLOCUTEUR
CE N'EST PAS UN PEU TROP FAMILIER ?!!
ÇA...
JE PENSE QUE ÇA VA !?
ENFIN, JE N'EN SAIS RIEN... HA ! HA ! HA !
C'EST VRAI QUE TU N'ES VRAIMENT PAS HABITUÉE À CE STYLE DE COMMUNICATION !
CE SERA SANS DOUTE DIFFICILE DE T'Y METTRE TOUT DE SUITE, ALORS, AUTANT COMMENCER AVEC TES PROCHES !
AH !
TU VAS POUVOIR T'EN-TRAÎNER !
PFF... PFF...
M'ENTRAÎNER ?

ESSAIE DONC...
... AVEC LUI !
LUI
BONJOUR !
BONJOUR !
APPELLE-LE DONC PAR SON PRÉNOM !
QUOI !?
L'APPELER PAR SON...!?
NON, NON, YANO !
"YANO" ?
AH ! AH !
PARDON, A... A... AYANE-CHAN !!
C'EST TROP DUR !!
YANO-CHIN EST UNE SADIQUE...
C'EST AINSI QUE TU RÉUSSIRAS À DEVENIR INTIME AVEC TOUT LE MONDE !
FAIS UN EFFORT !!
BONJOUR !
DOMM DOMM
VAS-Y !
AH ! KAZEHAYA ! SADAKO EST LÀ !!
HUM !?
GLOUPS...

* "KUN" EMPLOYÉ APRÈS UN PRÉNOM EN JAPONAIS SIGNIFIE QUE L'ON S'ADRESSE FAMILIÈREMENT À UNE PERSONNE PLUS JEUNE QUE SOI, GÉNÉRALEMENT À UN GARÇON.

NOUVELLES DU JAPON 2

L'histoire du petit bonhomme qui a dit...

... avant de s'éclipser m'a particulièrement plu. Il paraît que c'était en été. Ha ! Ha ! Ha ! Que dites-vous de cela ? C'est surréaliste, non ? À part cela, on m'a parlé d'un bonhomme avec un mégaphone qui assistait à la retransmission d'un match de baseball à la télévision, d'un bonhomme qui montait en Harley Davidson... Comme ces bonshommes semblent n'en faire qu'à leur tête, ça m'a fait bien rire. (Comme ma mémoire est défaillante, je n'ai pas grand-chose à écrire, mais en réalité, il y a eu beaucoup d'autres événements.) Ensuite, on m'a également appris que "seuls les gens au cœur pur peuvent les voir" et que "ceux qui ont le doute en eux ne peuvent pas les voir". Waouh !... Je n'ai pas l'impression que je pourrai les voir !!! Plus tard, j'ai reçu une lettre de quelqu'un me disant qu'"il avait fait des recherches sur Internet et que beaucoup d'entre eux mesuraient entre 20 et 30 centimètres". Oh là là ! Mieux vaut ne pas les voir alors !!

KAZEHAYA ME TÉMOIGNE TOUJOURS DE LA GENTILLESSE, COMME YANO ET YOSHIDA…
… ET IL PARLE INDIFFÉREMMENT AVEC LES GARÇONS COMME AVEC LES FILLES, MAIS…
… KAZEHAYA…
… EST UN "GARÇON"…
ÇA M'A FAIT UN DRÔLE D'EFFET…
… DE T'ENTENDRE M'APPELER COMME TU L'AS FAIT TOUT À L'HEURE…
JE ME DEMANDAIS CE QUE TU VOULAIS ME DIRE !
CE N'EST PAS PAREIL QU'AVEC YANO ET YOSHIDA…
COMMENT DIRE ?
IL EST TERRIBLEMENT "GARÇON".

AH ! AUJOURD'HUI, DURANT LE COURS D'ACTIVITÉ PERSONNELLE, NOUS ALLONS CHOISIR LES MEMBRES DU COMITÉ POUR LA FÊTE DU SPORT.
MAIS ÇA RISQUE D'ÊTRE ENNUYEUX. ALORS AUTANT PRENDRE LES MEMBRES DU COMITÉ SPORTIF !
BIEN ! C'EST DÉCIDÉ !!!
MOI !!
WAOUH !!
HA ! HA ! HA ! HA !
IL VA FALLOIR FAIRE ÇA COMME IL FAUT !!!
VOUS DEVREZ AUSSI ASSISTER AUX RÉUNIONS DU COMITÉ !!
HA ! HA ! HA ! HA !
IL N'A MÊME PAS EU LE TEMPS DE SE PORTER CANDIDAT !!
PAS DE BOL, KAZEHAYA !
RAPPELEZ-VOUS QUE C'EST MOI LE RESPONSABLE DU COMITÉ !!
MALHEUR À CEUX QUI NE VIENDRONT PAS.
PIN
J'IRAI ! JE SAIS ! JE FERAI COMME IL FAUT !
JE FERAIS MIEUX DE RENTRER EN VITESSE !!
COMME NOUS MANQUONS D'EFFECTIFS, CEUX QUI SE PRÉSENTENT DANS LES DIFFÉRENTES DISCIPLINES DOIVENT ÊTRE LES PLUS DOUÉS EN SPORT !!
LES PLUS EXPÉRIMENTÉS D'ENTRE VOUS DOIVENT ABSOLUMENT SE PRÉSENTER !!
C'EST CLAIR ? VOUS DEVEZ ABSOLUMENT GAGNER !!
LES PLUS MOUS PEUVENT RESTER CHEZ EUX !!
C'EST NUL.
JE SUIS SÛRE QU'IL A FAIT UN PARI !!
VOICI LA SITUATION.

SOFTBALL ET FOOT (ORIGINAIRE DU CLUB DE BASEBALL)
VOLLEY ET FOOT (POSSÈDE DES RÉFLEXES INNÉS)
LES BRAS ET LES JAMBES
SOFTBALL (CLUB DE BASEBALL)
FOOT (AVEC LE RESTE DES ÉLÈVES)
QU'EST-CE QU'ON DEVRA FAIRE ?
VOLLEY (CONFIRMÉE)
KURONUMA, TU SAIS JOUER AU FOOT ?
DU MOMENT QUE JE NE LES GÊNE PAS...
ELLE A HORREUR DES SPORTS D'ÉQUIPE.
EUH... PAS DU TOUT.
HA ! HA ! HA !
SÉRIEUSEMENT !?
IMPOLIE
À PREMIÈRE VUE, TU NE DOIS PAS ÊTRE TRÈS DOUÉE !
JE ME BATTRAI DE TOUTES MES FORCES !
PAS LA PEINE DE FAIRE TANT D'EFFORTS ! TU PEUX TE REPOSER CE JOUR-LÀ !
OH ! TU EN VEUX, TOI !!
C'EST MA FÊTE DEUX FOIS PAR AN !!
CRAC がっき !!
VICTOIRE !!
VICTOIRE !!
TU ES LA MEILLEURE !!
OUH...
JE NE LA SUIS PAS...

PUISQUE C'EST COMME ÇA, SI ON ALLAIT S'ENTRAÎNER UN PEU DEMAIN !?
QUE CEUX QUI PENSENT PARTICIPER APPORTENT LEURS SURVÊTS !
D'ACCORD !!
!!
ÇA...
... M'AIDERA VRAIMENT !
HA ! HA !
OUI !
ACCROCHE-TOI !
OUI !!

W C
C'EST L'ENTRAÎNEMENT POUR LA FÊTE DU SPORT...
OUI, C'EST PLUTÔT ENNUYEUX. MAIS COMME KAZEHAYA EST LÀ, CE SERA CHOUETTE !
NOTRE CLASSE N'EST PAS TRÈS FORTE, MAIS PERSONNE NE NOUS LE REPROCHE, ALORS, TANT MIEUX !
EN TOUT CAS, KAZEHAYA A ÉTÉ DÉSIGNÉ COMME MEMBRE DU COMITÉ EN MOINS DE TEMPS QU'IL NE FAUT POUR LE DIRE !
HA ! HA ! HA !
TOUT LE MONDE ADORE CETTE FÊTE !
C'EST VRAI !
HA ! HA ! HA ! HA !
ENSUITE, NOUS AVONS LE COURS D'ACTIVITÉ PERSONNELLE...
ALORS ?
EST-CE QUE LES ÉQUIPES ONT DÉJÀ ÉTÉ CHOISIES POUR LA FÊTE ?
À CE PROPOS, C'EST KAZEHAYA QUI REPRÉSENTERA LE GROUPE D AU COMITÉ !

ET ALORS !?
ET SI TU Y PARTICIPAIS AUSSI, KURUMI ?
EUH... MOI !?
OUI, CE SERAIT GÉNIAL ! FAIS-LE !
AINSI VOUS POURREZ VOUS COLLER L'UN À L'AUTRE !
VOYONS !
C'EST IMPOSSIBLE !
PUISQUE JE TE DIS QUE C'EST IMPOSSIBLE !
MAIS CE N'EST PAS QUE JE DÉTESTE LE COMITÉ, REMARQUEZ !
MAIS JE NE PEUX PAS ME PORTER CANDIDATE !
JE SERAIS GÊNÉE !!
HA! HA! HA!
DANS CE CAS, NOUS TE RECOMMANDERONS !
HA! HA! HA!
ELLE EST GÊNÉE !
DOMM
C'EST PARTI !

SADAKO !
OUI !
OUAIS ! OUAIS !
OÙ ÇA ?
PAF スカッ
EVIDEMMENT...
AH !... ÉVIDEMMENT...
EN FAIT, C'EST TROP DUR POUR TOI DE COMMENCER D'EMBLÉE PAR UN MATCH DANS LES RÈGLES...
TU EN ES ENCORE À APPRENDRE À FRAPPER LA BALLE...
JE JOUE AUSSI AU VOLLEY, ALORS JE NE SERAI PAS TOUJOURS LÀ...
JE SUIS DÉSOLÉE...
N'A JAMAIS TOUCHÉ UN BALLON.
PAS DE QUOI, C'EST CE QUE TOUT LE MONDE AVAIT IMAGINÉ.
SADAKO NE POURRAIT PAS RIRE ?
SI ELLE RIT, L'ADVERSAIRE SERA PÉTRIFIÉ ET NOUS GAGNERONS PEUT-ÊTRE !
AH... EFFECTIVEMENT, LÀ...
WAOUH !

CHIZU, SI NOUS NE RENTRONS PAS MAINTENANT, NOUS ALLONS ÊTRE EN RETARD POUR LA CINQUIÈME HEURE...
REGARDE !
MAIS, C'EST VRAI !
HÉ ! ARRÊTEZ, ARRÊTEZ !
LA PAUSE DE MIDI, C'EST VRAIMENT TROP COURT !
ET PUIS, LES CLUBS VONT UTILISER LA PELOUSE APRÈS LES COURS.
OUI, IL FAUT RÉFLÉCHIR.
JE...
...SUIS DÉJÀ À LA TRAINE PENDANT L'ENTRAINE-MENT...!
AÏE !!
JE DOIS M'EXERCER TOUTE SEULE !!
JE NE PEUX PAS GÂCHER CETTE HEURE SI PRÉCIEUSE !
OUI, J'AI BESOIN D'UN BALLON DE FOOT...
MMM... MMM...
ブツブツ
ON Y VA !
SADAKO PRONONCE UNE INCANTA-TION !
QU'EST-CE QUE TU MARMONNES ?
TU ME FAIS PEUR...
ざわざわ
BROU-HAHA
ALLEZ !
HA ! HA ! HA ! HA !
OH !
LES GARÇONS JOUENT ENCORE...
AH !

OUAIS..
C'EST KAZEHAYA.
LÀ, LÀ !
HA ! HA ! HA ! HA !
QUE FONT-ILS ?
C'EST TOUT À FAIT COMME QUAND ILS S'AMUSENT EN TEMPS ORDINAIRE !
QU'EST-CE QU'ILS FONT ?
HA ! HA ! HA !
OH !
J'AI PU LE VOIR EN TRAIN DE FAIRE DU SPORT...
JE ME DEMANDE À QUOI IL RESSEMBLE QUAND IL JOUE AU SOFTBALL...
IL A L'AIR DE BIEN S'AMUSER...

PFUIT
SI VOUS N'ARRÊTEZ PAS MAINTENANT, VOUS SEREZ EN RETARD POUR LA CINQUIÈME HEURE !
D'ACCORD !
ELLE A DIT QUE C'ÉTAIT FINI !!
HA ! HA !
DES TRESSES !

ALLONS-Y, KAZEHAYA !
OUI !
DOMM
DOMM

DOMM
ドク
DOMM
ドク
SADAKO ?

SAWAKO KURONUMA !
OUPS !
DOMM
...
DOMM
QUOI !?
DOMM
DOMM
QU'EST-CE QUE TU AS À RÊVASSER ? ON S'EN VA, JE TE DIS !
AU FAIT, TU ES TOUTE ROUGE !!
QUOI ? C'EST VRAI !?
TU AS TELLEMENT COURU !!
ATTENDRIE
MAIS NON, CE N'EST PAS...
J'AI COURU MAIS...
TIENS...
TIENS...?!
IL NE S'EST RIEN PASSÉ DE PARTICULIER LÀ, N'EST-CE PAS ?
HA HA HA HA !
NOUS ÉTIONS ÉLOIGNÉS L'UN DE L'AUTRE, ET KAZEHAYA S'EN ALLAIT, C'EST TOUT.
DOMM
DOMM

MAIS...
... JE N'ARRIVAIS PAS...
... À DÉTACHER MON REGARD...
... DE KAZEHAYA.

DING
DONG
DING
DONG
DEBOUT...
SALUEZ !!
C'EST FINI !
L'ENTRAÎNEMENT M'A CREUSÉ L'APPÉTIT !!
YANO-CHIN, ALLONS MANGER UN MORCEAU !
TOI AUSSI, SADAKO !
DES NOUILLES, PAR EXEMPLE !
AH NON ALORS !
SI JE RESTE AVEC TOI, JE VAIS GROSSIR !!
DE TOUTE FAÇON, TU DOIS FAIRE DES COURSES, CHIZU, NON ?
SI ! J'AI ENVIE DE M'ACHETER UN T-SHIRT ROUGE BIEN VOYANT POUR LA FÊTE DU SPORT !!
POURQUOI EN FAIRE AUTANT...?
SADAKO, TU VIENS AVEC NOUS ?
MAIS TU PEUX LE FAIRE APRÈS NOUS AVOIR ACCOMPAGNÉES !
OUI... MAIS PAS AUJOURD'HUI.
VA FAIRE TES COURSES !
MAIS, SI CELA SE TROUVE...
AH OUI ?
C'EST TOI QUI T'OCCUPES DE L'ARROSAGE DES FLEURS ?
MERCI DE M'INVITER...!!
AH... JE DOIS M'OCCUPER DE L'ARROSAGE AINSI QUE D'AUTRES PETITS DÉTAILS, ALORS CE SERA POUR UNE AUTRE FOIS !

BLUSH
... LA PROCHAINE FOIS, C'EST MOI QUI FERAI APPEL À VOUS.
SYMPAS COMME ELLES SONT, SI JE LEUR PARLE DE MON ENTRAÎNEMENT, ELLES SERAIENT CAPABLES DE VOULOIR S'ENTRAÎNER AVEC MOI !
ALORS QU'ELLES ONT D'AUTRES CHOSES À FAIRE...
TRÈS BIEN, COMPTE SUR NOUS !!
ALORS, À LA PROCHAINE.
OUI !!
C'EST VRAI, QUOI... CE T-SHIRT ROUGE N'A AUCUNE IMPORTANCE !
QU'EST-CE QUE TU RACONTES ? C'EST MA FÊTE !!
MERCI !!
JE FERAI APPEL À VOUS LA PROCHAINE FOIS, QUAND VOUS N'AUREZ RIEN À FAIRE !
KAZEHAYA ! QU'EST-CE QUE TU FAIS AUJOURD'HUI ?
AH !
HA ! HA ! HA !
RENTREZ DÉJÀ !
MOI, JE PARTICIPE AU COMITÉ !
AH ! LES MEMBRES DU COMITÉ DE LA FÊTE DU SPORT !
HA ! HA ! BONNE CHANCE !
C'EST KAZEHAYA !
C'EST VRAI QU'IL FAIT PARTIE DU COMITÉ.

HA ! HA ! HA ! HA !
OH !
QU...
... QU'EST-CE QUE JE SUIS EN TRAIN DE FAIRE, VRAIMENT ?
HUM...
JE VAIS FAIRE CE QUE J'AI À FAIRE.

SALLE DES PROFESSEURS DE SPORT
QUOI ?
EMPRUNTER UN BALLON DE FOOT ?
NON, C'EST IMPOSSIBLE !
NOUS NE PRÊTONS PAS LES BALLONS POUR QUE LES ÉLÈVES S'AMUSENT DANS LEUR COIN !
MÊME APRÈS LES COURS !
EUH...
CE N'EST VRAIMENT PAS POSSIBLE...?
JE VOUS PROMETS DE VOUS LE RENDRE...
JE VOUS AI DIT NON, C'EST NON !
NON !!
CLAC

ÇA NE S'EST PAS PASSÉ COMME JE L'AVAIS PRÉVU.
M'ENTRAINER TOUTE SEULE...
DANS CE CAS, JE DOIS SANS DOUTE M'ACHETER UN BALLON...
JE POURRAIS M'EN ACHETER UN AVEC LES ÉTRENNES DU JOUR DE L'AN...
OUI, C'EST CE QUE JE VAIS FAIRE !!
TCHI
C'EST ICI QUE J'AI VRAIMENT PARLÉ AVEC KAZEHAYA POUR LA PREMIÈRE FOIS...
OUI, COMME J'ARROSAIS LES FLEURS, SON VISAGE EST APPARU PAR LA FENÊTRE, LÀ-BAS...
HI ! HI !

TiENS !?
TU FAIS PARTiE DU COMiTÉ DE LA FÊTE DU SPORT, KAZEHAYA ?

AH ! NOUS SOMMES ENSEMBLE !
EUH...
SALUT !
PAS DE CHANCE, HEIN ! AH... LA PLACE DE DEVANT EST LIBRE, SI TU VEUX !
AH ! MERCI !
AU FAIT, MERCI POUR LES CD !
NON !
IL N'Y A PAS DE QUOI !
MOI AUSSI, J'AIMERAIS BIEN T'EN EMPRUNTER QUELQUES-UNS.
AH ! SUPER !
D'ACCORD, JE T'EN APPORTERAI !
TU SAIS, L'ALBUM QUE JE T'AI PRÊTÉ L'AUTRE FOIS...
TU M'ÉCOUTES ?
KAZEHAYA.
TOC
AH !

DÉSOLÉ.
QUE DISAIS-TU ?
LE CD QUE JE T'AI PRÊTÉ L'AUTRE FOIS !
O.K. !
JE TE L'APPORTERAI LA PROCHAINE FOIS !
BING
HUM...

BING
OÙ VA-T-ELLE COMME ÇA ?
HI ! HI !
BING
WAAH !
BING
BING

DING キーン
DONG コーン…
DING カーン
DONG コーン…
はっ OH!
ZUT ! QUELLE HEURE SONNE LE CARILLON !?
SADAKO QUI A PASSÉ SON TEMPS À JOUER AVEC CETTE PIERRE CONTRE LE MUR.
OH ! C'EST DÉJÀ LE SOIR !
J'ÉTAIS TELLEMENT ABSORBÉE QUE JE N'AI PAS VU LE TEMPS PASSER !
DONG

...
ici !
PFUIT
PFUIT
PFUIT

JE ME DEMANDE CE QUE J'AI...
DOMM
...
JE N'ARRIVE PAS À SOURIRE...
DONG
VRR

L'ATMOSPHÈRE...
... EST UN PEU DIFFÉRENTE.
DONG
ALORS, CETTE FOIS...

... ARRIVE CHEZ KAZEHAYA, PETIT BALLON !

Episode 10.
UNE NOUVELLE AMIE

POUM
ポ
SADAKO !
À TOI !
OUI !!
たた
TAP

DONG
YAH...
YAH!!
CRI
PAF
OOH!!
TU AS DRÔLEMENT PROGRESSE DEPUIS LA DERNIÈRE FOIS !!
CEST FOU !! COMMENT TU AS FAIT ??
C'EST-À-DIRE...
IL Y A UN INSTANT, SADAKO ÉTAIT ENCORE LOIN...
ELLE S'EST DÉPLACÉE EN UN CLIN D'OEIL...?!
J'IGNORE À QUEL MOMENT !!
BLA BLA...
ELLE EST BIEN LOIN DE L'ENDROIT OÙ ELLE A ENVOYÉ LA BALLE !
J'AI RÉUSSI À TIRER...
BRAVO, SADAKO !
J'AI BIEN FAIT DE M'ACHETER UN T-SHIRT ROUGE !!
BLUSH
ELLE S'EST DÉPLACÉE EN UN INSTANT !
ELLE ME FÉLICITE...
BLA BLA...
ELLE S'EST DÉPLACÉE EN UN INSTANT !
EN FAIT...

DONG
... KAZEHAYA M'A APPRIS À JOUER.
DONG
PAF
TU AS RÉUSSI !
LE BALLON EST ARRIVÉ JUSQU'À MOI !!

JE L'AI RÉCEPTIONNE !
TU VAS FAIRE COMME CECI...
ESSAIE DE TIRER APRÈS AVOIR ARRÊTE LA BALLE !
INUTILE DE TE PRÉCIPITER.

"JE L'AI RECEPTIONNE !"
"LE BALLON EST ARRIVE JUSQU'À MOI !"

AH...
QUELLE CHALEUR !!
FLAP
ばた FLAP
ばた
JE TRANSPIRE, JE VAIS ALLER ME CHANGER. QUANT À TOI, SADAKO, RETOURNE DÉJÀ EN CLASSE !
OUI.
JE NE PEUX PAS ENCORE REMETTRE MON UNIFORME !
DES INDIVIDUALISTES
CLANG
ガラ
AH... PRESQUE PERSONNE N'EST ENCORE REVENU DE L'ENTRAÎNEMENT...
ガラーン
VIDE
C'EST VRAI ! QUAND JE SUIS RENTRÉE, LES GARÇONS ÉTAIENT ENCORE EN TRAIN DE S'ENTRAINER...
AH !
EXCUSE-MOI...

EST-CE QUE KAZEHAYA EST LÀ ?
EUH...
AH !!!
CETTE FILLE... LA POUPÉE FRANÇAISE...
NON, KURUMI...!!
WAOUH !
BLUSH
EH BIEN... LES GARÇONS SONT EN TRAIN DE S'ENTRAÎNER POUR LA FÊTE DU SPORT. ILS NE SONT PAS ENCORE RENTRÉS...
DOMM DOMM
DOMM DOMM
AH ! TRÈS BIEN...
ELLE ME PARLE AVEC UN NATUREL ÉTONNANT...
BON, QU'EST-CE QUE JE VAIS FAIRE ?
C'EST QUELQU'UN DE BIEN !
ELLE RESSEMBLE UN PEU...

DOMM DOMM
... À KAZE-HAYA...
...
EUH...
... TU NE T'EN SOUVIENS PEUT-ÊTRE PAS, MAIS...
... JE TE REMERCIE...
... D'AVOIR UN BEAU JOUR RÉCUPÉRÉ MES PHOTOCOPIES ...
COURBETTE...
QUOI !?
MAIS NON... C'EST TOUT À FAIT NORMAL, TU NE CROIS PAS !?
TU ES TRÈS JOLIE, TOI !!!
DU FAIT QUE TU M'EN REPARLES, JE ME SENS UN PEU GÊNÉE !
WAAH...
TU ES MIGNONNE !
PFF...
QUELLE FILLE SYMPATHIQUE...
ET PUIS...
... ELLE EST TRÈS FÉMININE.
LA JEUNE FILLE IDÉALE TELLE QUE JE L'IMAGINE EST LÀ SOUS MES YEUX !!
ÉMUE
RAVIE...
?
* SADAKO S'INTÉRESSE AUX JEUNES FILLES.

...
ÉMUE
WAOUH... VRAIMENT...
PLUS JE LA REGARDE...
... PLUS ELLE ME FAIT PENSER À UNE POU...
TU RESSEMBLES À UNE POUPÉE !
TIENS ! EST-CE QUE J'AURAIS PENSÉ À HAUTE VOIX ?
NON, C'EST MOI QUI AI PARLÉ !
HI ! HI !
TU ES BIEN...
... SAWAKO KURONUMA ?

JE ME SOUVIENS TRÈS BIEN DU JOUR OÙ J'AI RASSEMBLÉ CES PHOTOCOPIES.
ELLE CONNAIT MON NOM !!
AU FAIT... ELLE A PARLÉ DE POUPÉE...?
HU HU...!
PARCE QUE VOIS-TU, À CE MOMENT-LÀ, J'AI TROUVÉ...
... QUE TU RESSEMBLAIS À UNE POUPÉE !
À UNE POUPÉE ...?
À UNE POUPÉE ...?
À UNE POUPÉE ...?
KURUMI, SI ON NE VA PAS AU STADE MAINTENANT, ON VA ÊTRE EN RETARD !
OUI !!

J'AI SPORT MAINTENANT !
BON, JE REVIENDRAI !
AH !...
GLOUPS...
ぎゅ
ÉMUE
じーん
AÏE...
ON DIRAIT...
... UNE POUPÉE DONT LES CHEVEUX POUSSENT.
HU HU...
JE SUIS LÀ !
C'EST LA PREMIÈRE FOIS...
じーん
ÉMUE

... QU'ON ME DIT CELA...
SURPRISE
ぽ
...
IL S'EST PASSÉ QUELQUE CHOSE, SADAKO ?
TU AS L'AIR FRANCHEMENT AILLEURS.
AH...!
もじ...
CONFUSION
VOYONS ...
EN FAIT...
ON VIENT DE ME FAIRE UN COMPLIMENT, POUR UNE FOIS...
EH BIEN, PARLE !!
WAH ! JE L'AI DIT !
BLUSH
カ
ON M'A DIT QUE JE RESSEMBLAIS À UNE POUPÉE !!
SURPRISE
LA POUPÉE SAWAKO
C'EST UN COMPLIMENT, ÇA...?
EUH...
ボツ ボツ
DOMM DOMM
?
NON, JE NE CROIS PAS.
QUELLE CHALEUR !!

J'AI L'IMPRESSION QU'ON EST BONS, LÀ, NON ?
OUI, OUI, VRAIMENT !
HA ! HA ! HA ! HA !
VRAIMENT...
AH !
AH...
JE TROUVAIS AUSSI QU'IL ÉTAIT DIFFÉRENT...
C'EST PARCE QU'IL NE PORTE PAS DE VESTE...
ET CHEZ LES FILLES, QU'EST-CE QUE ÇA DONNE !?
BANG
ÇA VA PAS MAL !

SADAKO A PROGRESSE, MINE DE RIEN !
N'EST-CE PAS ?
VRAIMENT !?
WAOUH !!
ÉMUE
わあ!!
OH!
DOMMM
ドキ
FIÈRE
きゅーーん
BRAVO !
に
SOURIRE
PANIQUÉE
おろおろ
?
AH !!
C'EST...
C'EST ÇA.

Tout...
TOUT À L'HEURE, KURUMI EST VENUE POUR TE VOIR...
AH ! C'EST VRAI ?
POURQUOI ?
C'ÉTAIT SANS DOUTE AU SUJET DU COMITE.
VU QU'ELLE EN FAIT AUSSI PARTIE...
MERCI, JE POSERAI LA QUESTION TOUT À L'HEURE.
OH!
C'ÉTAIT DONC ÇA...
ENFIN...
TU AS RENCONTRE KURUMI ?
OUI, APRÈS T'AVOIR QUITTÉE, YOSHIDA...
ARGH ! TU M'APPELLES ENCORE "YOSHIDA" !
ピク!
SURPRISE
AH !
CHI... "CHIZU-CHAN" ...!!
ENFIN, IL FAUT RECONNAITRE QUE TOI ET MOI NOUS CONTINUONS À L'APPELER SADAKO...
ON NE PEUT PAS RÉUSSIR TOUT DE SUITE !
AH !!
MAINTENANT QUE TU LE DIS !!
ZUT
C'EST DIFFICILE DE VOUS APPELER AUTREMENT DU JOUR AU LENDEMAIN.
MAIS... IL N'EST PAS NÉCESSAIRE QUE L'ON S'Y FORCE NON PLUS.
SANS FACON
N'EST-CE PAS ? C'EST VRAI ÇA, HEIN, SADAKO ?
ET PUIS, COMME C'EST DÉJÀ TON SURNOM...

"TU ES BIEN SAWAKO KURONUMA ?"
C'EST VRAI. LA PROCHAINE FOIS QUE J'AURAI L'OCCASION DE LUI PARLER...
... JE L'APPELLERAI PAR SON PRÉNOM...
SI JE LE FAIS DÈS LE DÉBUT, CELA DEVRAIT ALLER...
JE DIRAI "KURUMI-CHAN"...
DOMM DOMM
ELLE NE PENSE PLUS DU TOUT À KURUMI...
AH !
AU FAIT, RYÛ, TU TE SOUVIENS DU NOM ET DU PRÉNOM DE SADAKO ?
...
TAKAKO KURO-YAMA.
OH !
DOMMAGE !!
TU Y ES PRESQUE ! TU Y ES PRESQUE !
MAIS POUR RYÛ, CE N'EST DÉJÀ PAS MAL !!
J'EN ÉTAIS POURTANT CERTAIN...
JE M'APPELLE KURONUMA, ENCHANTÉE...
MONTRE-LUI L'EXEMPLE, KAZEHAYA.
ALLEZ ! DIS-LUI COMMENT ELLE S'APPELLE !
QUOI ?
HUM ?

...
SAWAKO KURONUMA.
AH ! TRÈS BIEN, TRÈS BIEN !
MAINTENANT ESSAIE DE L'APPELER SEULEMENT PAR SON PRÉNOM !
QUOI !?
COMMENT ÇA !?
JE NE VOIS PAS POURQUOI...
C'EST POUR S'ENTRAÎNER.
C'EST POUR QUE SAWAKO, QUI N'A PAS L'HABITUDE D'APPELER LES GENS PAR LEUR PRÉNOM NI D'ÊTRE APPELÉE PAR SON PRÉNOM S'Y FASSE.
NOUS FAISONS ÇA POUR SON BIEN...
HU HU HU HU...
...

ガタン
CLANG
AH!
ドキーン
...
SA...
DOMM ドキ
DOMM ドキ
DOMM ドキ
DOMM ドキ

OUI.
BLUSH
TENSION
M...
...MERCI...
DOMM DOMM
...
TENSION
EUH...
... DE RIEN.

TENSION
ぎくしゃく
TENSION
ぎくしゃく
QU'EST-CE QU'ILS ONT, TOUS LES DEUX ?
TU NE LE VOIS PAS ? ILS SONT NERVEUX, C'EST TOUT.
HU ! HU !
QU'EST-CE QUE TU RACONTES, YANO ?
?
?
ドキ ドキ
DOMM DOMM
C'EST ...
... C'EST EMBARRASSANT...
J'AI L'IMPRESSION...
...
... DE NE PLUS POUVOIR PARLER NORMALEMENT À KAZEHAYA...
KAZEHAYA !

COMMENT VEUX-TU QUE J'Y ARRIVE ?
T'ES BÊTE OU QUOI ?
SURPRISE
OUPS!
JE VOIS...
DE TOUTE FAÇON, C'ÉTAIT POUR RIRE.
HU HU HU HU HU HU...
DOMM DOMM DOMM DOMM
JE ME SENS STRESSÉE !!
CETTE EXPÉRIENCE M'A COMPLÈTEMENT STRESSÉE !
MON...
... COEUR...!!
IL ME FAIT MAL !!
TOC TOC TOC TOC
ENFIN...
HM...
J'AI L'IMPRESSION QUE JE SUIS STRESSÉE DEPUIS L'AUTRE JOUR.
!

パタパタ
TAP TAP
IL ME SEMBLE...
... QUE JE SUIS PLUS STRESSÉE QU'AVANT...
ガラガラ
KRAAN
ピシャン
TCHAK
AH !
VOILÀ KAZEHAYA !

DOMM
ドッキーン
COMMENT S'APPELLE LA FILLE QUI DISCUTE ? ELLE EST JOLIE, NON !?
QUOI ? TU OSES ME DIRE ÇA À MOI, TA PETITE AMIE ?
TU N'ES PAS FAIT POUR KURUMI !
OH !
KURUMI EST AVEC KAZEHAYA...
TIENS ! REGARDE-LES BIEN TOUS LES DEUX !
ILS VONT BIEN ENSEMBLE, NON ?
ELLE N'EST ABSOLUMENT PAS FAITE POUR TOI !
BEN...
... C'EST VRAI QU'ILS VONT BIEN ENSEMBLE, MAIS...
MOI, J'AI JUSTE DIT ÇA COMME ÇA !

...
C'EST VRAI...
AH ! OUI, LES CD !
MINCE ! JE LES AI OUBLIÉS, DÉSOLÉ !!
DÉCIDÉMENT !
DONC, JE SUIS CELLE QUI TE CONVIENT LE MIEUX !
C'EST MALIN ! JE T'AIME, VOYONS !
...
DEUX IDIOTS
BLUSH
ぽっ。。。。
JE LES ENVIE...

ON DIT QUE LES CHEVEUX LONGS, C'EST PLUS FÉMININ...
BLUSH
J'AIME TOUT CE QUI EST FÉMININ...
JEUNE FILLE
OUI ...
JE VOIS ...
DANS CE CAS...
... TU POURRAIS CHANGER DE COULEUR SANS TOUCHER À LA LONGUEUR. QU'EN PENSES-TU ?
OUI, CE SERAIT BIEN !!
CHÂTAIN, CHÂTAIN !!
ME TEINDRE LES CHEVEUX EN CHÂTAIN !?
WAH !
MARRON
...
TU NE TROUVES PAS QUE C'EST UN PEU CLAIR ?
ELLE POURRAIT ESSAYER UNE PERMANENTE ...
HUM...
COMME ÇA, ELLE FAIT TRÈS "FANTÔME".
COMMENT ?
ÇA...
ÇA FAIT UN PEU BANLIEUSARD, NON ?
ET UN BEAU BRUSHING ?
...
COMME LES LOUBARDES AUTREFOIS...?
...

NOUVELLES DU JAPON 3

Les nouvelles concernant les petits bonshommes étaient très amusantes. Quel bonheur ! Merci beaucoup !! J'ai lu avec plaisir toutes les lettres que j'ai reçues. Quant aux réponses, j'avoue que j'ai vraiment manqué de temps ces dernières années. Je reçois vos lettres mais je ne peux pas y répondre.

Néanmoins, c'est un tel plaisir de recevoir vos lettres… Vos portraits aussi sont très mignons. Merci à tous ! Une collégienne m'a envoyé une poupée Bojobo*. Merci aussi à ceux qui m'ont envoyé des fraises ou des boules faites en perles rocaille ! J'ai joué avec !! Et puis, je suis vraiment contente que ceux qui m'écrivaient autrefois continuent à le faire.

* POUPÉES BOJOBO : POUPÉES QUI REPRÉSENTENT DES JEUNES FEMMES DE TYPE AFRICAIN.

AH...
EN GROS, OUI.
J'AI EU AUSSI LES CHEVEUX COUPÉS AU CARRÉ À UNE ÉPOQUE...
DIFFÉRENTES LONGUEURS POSSIBLES
MAIS...
POURQUOI SOUHAITES-TU SOUDAIN FAIRE UNE PERMANENTE ?
JE PENSAIS QUE CELA ME DONNERAIT UN AIR PLUS DOUX ET QUE CE SERAIT MIGNON...
VRAIMENT ?
TU AS DONC EU ENVIE DE DEVENIR PLUS MIGNONNE !
BLUSH
EUH...
OUI...

AH... MAIS CE N'EST PAS PARCE QU'ON M'A DIT QUE JE RESSEMBLAIS À UNE POUPÉE !!
OUI...
C'EST VRAI...
ÇA M'A FAIT PLAISIR, MAIS JE NE ME SUIS PAS LAISSÉ INFLUENCER À CE POINT-LÀ !
AU FAIT, TU VAS T'ENTRAINER APRÈS LES COURS !?
QUOI, LE BALLON ?
BONNE IDÉE ! ALLONS-Y !
ON N'AURA QU'À UTILISER UN BALLON OUBLIÉ PAR QUELQU'UN DANS LA CLASSE !
HA ! HA ! HA ! HA !
ELLES SONT GENTILLES !!
ÉMUE
COMMENT DIRE...?
DING
DONG
ALLONS MANGER UN MORCEAU EN RENTRANT !!
OÙ ALLONS-NOUS ?
J'ENVIAIS KURUMI.
DÉSOLÉE, SADAKO ! LE PROFESSEUR M'A APPELÉE, ATTENDS-MOI !
QUANT À MOI, JE DOIS NETTOYER LES TOILETTES !
JE VAIS TERMINER ÇA EN VITESSE !
OUI !

KURUMI EST SI MIGNONNE...
... QUE JE ME SUIS MISE À L'ENVIER...
... ET QUE J'AI SOUDAIN EU ENVIE DE DEVENIR JOLIE, MOI AUSSI.

VOILÀ OÙ M'AVAIENT ENTRAÎNÉE MES PENSÉES...
JE SAIS BIEN QUE JE NE POURRAI JAMAIS DEVENIR COMME ELLE, MAIS...
JE POURRAIS ÊTRE MIGNONNE À MA FAÇON...
KAZEHAYA !
OUPS !
KA...
KAZE-HAYA...
IL Y A TOUJOURS QUELQU'UN POUR VENIR L'APPELER...!
QUELLE POPULARITÉ...!!
DOMM DOMM
HA ! HA ! HA ! HA ! HA !
DOMM DOMM
ILS ONT L'AIR DE S'AMUSER...
HIER... LA FÊTE DU SPORT...
OUI... ET ALORS...
JE NE COMPRENDS PAS TOUT, MAIS JE PARVIENS À ENTENDRE QUELQUES MOTS.
HUM...
J'ÉCOUTE AUX PORTES.!?

LES MEMBRES DU COMITE
KURUMI
...
IL L'A APPELÉE PAR SON PRÉNOM...
HA ! HA ! HA ! HA !
OUI !!
BYE-BYE !
AU FAIT...
C'EST PEUT-ÊTRE BIEN LA PREMIÈRE FOIS QUE J'ENTENDS KAZEHAYA APPELER UNE FILLE PAR SON PRÉNOM...
ドキ DOMM
ドキ DOMM DOMM
ドキ

DOMM DOMM
ドキ ドキ
COMMENT VEUX-TU QUE J'Y ARRIVE ?
...
ILS S'ENTENDENT BIEN...
DOMM DOMM
ドキ ドキ...
DJiNG
ちくん!
QU'EST-CE QUE C'ÉTAIT ?
EN FAIT...
... JE N'AI JAMAIS ENTENDU PERSONNE LE DIRE...
... MAIS JE ME DEMANDE SI KAZEHAYA AIME BIEN UNE FILLE EN PARTICULIER.

S'IL L'APPELLE PAR SON PRÉNOM...
... ÇA DOIT ÊTRE UN TRAITEMENT DE FAVEUR...
DJiNG DJiNG
ちくんちくん!!
?
?
J'AI...
J'ÉPROUVE UNE DOULEUR DANS LA POITRINE !
HUM...
...

KURONUMA !!
HOP ひょい
!
OUPS ! ドッキ——!!
ON S'ENTRAÎNE ENCORE AUJOUR-D'HUI ?
...
AH...
MAIS...
DOMM ドキ
DOMM ドキ
DOMM ドキ

DOMM DOMM
DOMM
DOMM
IL EST POSSIBLE QUE LE SIMPLE FAIT DE REGARDER KAZEHAYA...
... ÉVEILLE UNE DOULEUR DANS MA POITRINE.
DOMM
DOMM
QU'EST-CE...
... QU'IL Y A ?
DOMM
...
DOMM
DOMM
DOMM
DOMM
...
JE CROIS...
... QUE J'AI MAL À LA POITRINE.

...
SA...

KAZEHAYA !
AH !
SOURIRE
KURUMI...

...
TSS...
AVANT...
... QU'ELLE L'APPELLE...

...
... iL ALLAiT PEUT-ÊTRE ME DIRE QUELQUE CHOSE...
JE PEUX ME JOINDRE À VOUS ?
QU'EST-CE QUE VOUS FAITES ?
EUH...!?
BEN...
... COMMENT DIRE...?
REGARD FIXE

ON NE FAIT RIEN DE PARTICULIER !
LAS
HA ! HA ! HA !
QUOI !?
C'EST ÉTRANGE !!
DOMM DOMM
ALORS...
... C'EST PEUT-ÊTRE ÇA...
ON NE FAISAIT RIEN DE PARTICULIER !
MAIS OUI !
JE...
... FAIS TROP ATTENTION À LUI...?
QUELLE CHALEUR, HEIN !
JE SURVEILLE TROP...
... KAZEHAYA ?

WAOUH !!
TU ES TREMPÉE DE SUEUR, SAWAKO !
AH !!
DOMM
TOUT MON STRESS EST SORTI EN UNE FOIS !!
TAP TAP
TAP TAP
Hi ! Hi !

DÉCIDÉMENT, ELLE EST GENTILLE...!
MERCI ...
JE...
DE RIEN !
VOILÀ, C'EST PARTI !
... SUIS PEUT-ÊTRE TOMBÉE SOUS SON CHARME...
...
QUAND SONT-ELLES DEVENUES AMIES ?
L'ADMIRA-TRICE ET SON IDOLE...
JE VEUX SEULEMENT DISCUTER AVEC SAWAKO !
J'AIMERAIS TANT QUE NOUS SOYONS AMIES !
PAS VRAI ?
SAWAKO !
OUI ...
ÇA...
EUH...
AU FAIT, TU VOULAIS ME DIRE QUELQUE CHOSE ?
NON.

AMIES !?
きゅっ
CLAP
SOURIRE
にこっ

NOUS...
... VOICI AMIES À PRÉSENT, N'EST-CE PAS ?
QUOI !?

Épisode 11.
ENTRAIDE

AH !
SAWAKO !
QUEL HASARD !
BONJOUR !
SAWAKO !
SAWAKO !!
BYE-BYE !

QUE DIS-TU ?
ELLES SONT AMIES ?
CE N'EST PAS VRAI !?
BYE-BYE...
SÉRIEU...
SÉRIEUSEMENT !?
TU AS BIEN DIT QU'ELLES ÉTAIENT AMIES !?
FWUMM
DOMM
DOMM
MANIFESTEMENT, TU N'APPRÉCIES PAS CETTE FILLE !
HÉ !
COMMENT LE SAIS-TU ?
PARCE QU'ON LIT FACILEMENT EN TOI !
...
BIEN SÛR, C'EST UNE BONNE CHOSE QUE SADAKO SE FASSE UNE AMIE...
...
"UNE AMIE"...
... DIS-TU... ?

...
むきー!!
ARGH!!
MAIS SI ELLE S'ENTEND MIEUX AVEC ELLE QU'AVEC NOUS, ÇA M'ÉNERVERA !!
ぽん…
TAP
TU ES MIGNONNE, CHIZU...
J'AI UNE NOUVELLE AMIE.
“NOUS VOICI AMIES À PRÉSENT !”
EN FAIT, COMME JE N'AI FAIT AUCUN EFFORT, JE NE RÉALISE PAS VRAIMENT CE QUI SE PASSE...
ごろん
ROLL
EST-CE AINSI QUAND ON SE FAIT DE NOUVEAUX AMIS ?
ごろーん
ROLL
PFF...
JE NE RÉALISE PAS VRAIMENT CE QUI SE PASSE, MAIS JE SUIS HEU-REUSE.
...

KURONUMA !
ぱち
TCHIK
POUR...
POURQUOI LE VISAGE DE KAZEHAYA M'APPARAÎT-IL MAINTENANT...!?
CA N'A POURTANT AUCUN LIEN AVEC MES PENSÉES !!
DOMM
ドキドキドキドキ
DOMM
DOMM
DOMM
PFF... IMPOSSIBLE DE DORMIR !!
C'EST COMME SI JE REAGISSAIS MAL...
... À CETTE SITUATION PRIVILÉGIÉE.
AH !
DONG
ROLL

OUI.
BLUSH
...
M...
...MERCI...
TENSION
DOMM DOMM
EUH...
... DE RIEN.
TENSION

TENSION
ぎくしゃく
TENSION
ぎくしゃく
QU'EST-CE QU'ILS ONT, TOUS LES DEUX ?
TU NE LE VOIS PAS ? ILS SONT NERVEUX, C'EST TOUT.
HU ! HU !
QU'EST-CE QUE TU RACONTES, YANO ?
ドキドキ
DOMM DOMM
C'EST ...
... C'EST EMBARRASSANT...
J'AI L'IMPRESSION...
... DE NE PLUS POUVOIR PARLER NORMALEMENT À KAZEHAYA...
...
KAZEHAYA !

QU'EST-CE QU'IL Y A ?
JE T'APPORTE LA FEUILLE DU COMITÉ !
ON M'A DEMANDÉ DE TE LA REMETTRE.
TIENS !
OH ! MERCI !
AH ! C'EST VRAI ! LE CD ! ATTENDS UN PEU !
AH ! TU Y AS PENSÉ !? MERCI !!
QUEL NATUREL...!!
TIENS !
WAOUH ! MERCI !

COUCOU!
♥
NON SEULEMENT ELLE EST BELLE ET GENTILLE, MAIS EN PLUS, ELLE EST CHALEUREUSE...
DÉCIDÉMENT, KURUMI N'EST PAS COMME LES AUTRES.
ん? HUM?
DOMM
!!
おろおろ
Paniquée
おろおろ…
Paniquée
Paniquée
あわあわ…
AAH...
AAH...
...
ELLE NE DONNE PAS L'IMPRESSION...
PERDUE DANS SES PENSÉES
COMMENT DIRE...?
ELLE DÉGAGE QUELQUE CHOSE DE NATUREL.
... D'ÊTRE TENDUE...
JE L'ENVIE...

SAWAKO !!
QU'EST-CE QU'IL Y A ?
WAH !
WAH ! TU M'AS FAIT PEUR !!
OH ! PARDON !!
JE T'AI APPELÉE PLUSIEURS FOIS, MAIS TU NE M'AS PAS ENTENDUE...
AH, OUI !? ALORS, C'EST MOI QUI TE DE-MAN-DE PAR-DON !!
EUH... JE...
MM...
DOMM
DOMM DOMM
DOMM
DOMM
DOMM
KU...
KU...
TIMIDE
KURUMI...
DOMM DOMM
J'AI ESSAYÉ DE L'APPELER PAR SON PRÉNOM...!
DOMM DOMM
C'ÉTAIT PEUT-ÊTRE TROP FAMILIER ?
HI ! HI !
WAOUH ! C'EST LA PREMIÈRE FOIS QUE TU M'APPELLES COMME ÇA...
C'EST GENTIL...

CE N'ÉTAIT PAS SI DIFFICILE...
C'EST LOURD ?
VEUX-TU QUE J'EN PORTE LA MOITIÉ ?
NON !
ÇA VA ALLER !
C'EST MON TRAVAIL !!
ELLE EST GENTILLE...!
TON TRAVAIL ! TU ES DRÔLE, SAWAKO !
CE QUE J'AIMERAIS ÊTRE COMME ELLE !
ぼー
PERDUE DANS SES PENSÉES
KAZEHAYA ! VOICI LES PHOTOCOPIES !
PRÊTE-MOI CE CD !
O.K.!!
SUPER, MERCI !!
UNE AMÉRICAINE...?
QUI EST-ELLE ?
SAWAKO-CHAN ?

NOUVELLES DU JAPON 4

Nous arrivons au dernier quart de l'histoire.

Au fait, dans le volume 2, je vous ai parlé de mes gaffes en rapport avec la date de remise des manuscrits.

Du coup, j'éprouve énormément de regrets par rapport à la piètre qualité de ce supplément au manga.

Ces derniers temps, ma mémoire est vraiment défaillante... C'est effrayant, je vous assure.

Je pense que, bientôt, je risque d'oublier aussi que je me suis pesée...

← Ça m'arrange bien.

Enfin ! J'espère vous retrouver dans le quatrième tome. Euh... Le suivant, c'est bien le quatrième, n'est-ce pas ? Je ne me trompe pas ?

Karuho Shiina

TU N'ARRIVES PAS À DISCUTER NORMALEMENT AVEC KAZEHAYA !?
EN FAIT, CE N'EST PAS PAREIL DE DISCUTER AVEC UN GARÇON ET AVEC UNE FILLE ?
HA ! HA ! HA !
TU Y FAIS TROP ATTENTION !!
ELLE A RAISON !
HUM...
QUELLE CLAIRVOYANCE !
JE CONNAIS BIEN KAZEHAYA DEPUIS LE COLLÈGE, ET SELON MOI...
... IL N'A JAMAIS PU LAISSER DE CÔTÉ LES ÉLÈVES QUE LES AUTRES TENAIENT À L'ÉCART.
... PARCE QU'IL...
... PARLE NORMALEMENT À TOUT LE MONDE...
S'IL S'ADRESSE À TOI, SAWAKO, IL TE PARLERA COMME IL PARLE AUX AUTRES, TU NE CROIS PAS ?
OUI, OUI...
C'EST SÛR, C'EST SÛR !!

ALORS...
... SI KAZEHAYA S'ADRESSE À TOI, IL N'Y A LÀ RIEN DE SPÉCIAL.
À MON AVIS, TU NE DOIS PAS Y FAIRE TELLEMENT ATTENTION.
JE VOIS !!
...
CEPENDANT...
... KAZEHAYA ET TOI AVEZ DEUX PERSONNALITÉS TRÈS DIFFÉRENTES...
OUI !
AUSSI OPPOSÉES QUE LE CIEL ET LA TERRE !!
EN Y RÉFLÉCHISSANT... IL SERAIT PEUT-ÊTRE PLUS FACILE POUR TOI DE PARLER À UN GARÇON (SOMBRE) QUI TE RESSEMBLE UN PEU.
ET PUIS, CHAQUE PERSONNE A UNE ATTITUDE DIFFÉRENTE.

OUI, OUI...
OUI... JE VOIS.
C'EST VRAI...
C'EST POUR ÇA QUE, LORSQUE TU PARLES AVEC KAZEHAYA, TOUT A L'AIR SI NATUREL ?
HA ! HA ! HA ! TU CROIS !?
TOUS LES DEUX... C'EST VRAI QUE NOUS NOUS RESSEMBLONS UN PEU...
OH !
SUPER !!
KURUMI...
KAZEHAYA L'A APPELÉE PAR SON PRÉNOM...
VOUS VOUS ENTENDEZ BIEN...
C'EST BIEN...
QUOI ?

BIEN SÛR QUE OUI !
MAIS C'EST NORMAL !
ENFIN, SAWAKO !!
C'EST NORMAL !?
AH, OUI !?
WAOUH ! CE QUE TU CONSIDÈRES COMME "NORMAL" EST TRÈS DIFFICILE À ATTEINDRE POUR MOI.
C'EST DONC NORMAL !?
...
TRÈS BIEN...
PUISQUE, SELON KURUMI, C'EST NORMAL DE BIEN S'ENTENDRE AVEC KAZEHAYA...
... IL N'Y A PEUT-ÊTRE RIEN D'ÉTONNANT À CE QUE MOI, JE SOIS STRESSÉE.

BIEN, IL SERAIT PEUT-ÊTRE TEMPS DE RENTRER...
HUM... OUI !
AU DÉBUT, J'ÉTAIS INCAPABLE DE SALUER KAZEHAYA NORMALEMENT...
MAIS C'ÉTAIT NORMAL.
AT-TENDS...
KURUMI-CHAN !
JE...
J'AI L'IMPRESSION QUE CELA M'A FAIT DU BIEN DE DISCUTER AVEC TOI.
MERCI BEAUCOUP !
QUOI ...?

"PETIT À PETIT" SERA MON MOT D'ORDRE !
JE SUIS NERVEUSE, MAIS JE VAIS FAIRE DES EFFORTS !
À PLUS !!
MAIS...
SAWAKO !?
STOP
...
SURPRISE
PEUT-ÊTRE...
... QUE JE DEVIENDRAI COMME TOI UN JOUR SI JE FAIS DES EFFORTS !
AH !
ENFIN, JE SAIS QUE ÇA, C'EST IMPOSSIBLE !!
J'Y SUIS ALLÉE UN PEU FORT !
J'AI HONTE !
VYUM
PARDONNE-MOI ! OUBLIE CE QUE JE VIENS DE DIRE ! EXCUSE-MOI !!
... COMMENT DIRE...?
KURUMI EST...

CETTE HISTOIRE REMONTE À L'ÉPOQUE OÙ NOUS ÉTIONS AU COLLÈGE.
YUMI EST AMOUREUSE DE KAZEHAYA.
TU VOUDRAIS BIEN NOUS AIDER !?
TU T'ENTENDS BIEN AVEC LUI, CHIZU !?
POUR MA PART, JE NE VOYAIS PAS DE PROBLÈME À CE QU'ELLE COMPTE SUR MOI POUR L'AIDER.
CHIZU !
HUM ?
QUOI !? TU VEUX QUE JE M'ARRANGE POUR QUE VOUS VOUS RETROUVIEZ TOUS LES DEUX !?
JE SAVAIS QUE JE POUVAIS COMPTER SUR TOI, CHIZU !
HA ! HA ! QUELLE HISTOIRE !
RIEN DE PLUS SIMPLE !!
ALORS, LA FILLE S'EST DÉCLARÉE À KAZEHAYA, ET ELLE A ESSUYÉ UN REFUS.
CHIZU, ELLE AUSSI...
HUM ?
CHIZU, CETTE FOIS...
JUSQUE-LÀ, RIEN DE GRAVE.
CHIZU, MOI AUSSI, JE VEUX PARLER À KAZEHAYA...
CHIZU, MOI AUSSI...
CHIZU !
CHIZU...

QU'EST-CE QU'IL Y A ENCORE ?
KAZEHAYA
RAAAh !!
うがあっ
C'EST PAS MON PROBLÈME !
JE NE VEUX PLUS RIEN SAVOIR !!
QUOI ? MAIS POURQUOI, CHIZU ?
TU AS AIDÉ YUMI ET TU NE VEUX RIEN FAIRE POUR MOI !?
TU ES POUR YUMI !? CHIZU !!
CES FILLES SONT HORRIBLES !!
LA...
LA BARBE...!!
ALLEZ, QUOI ! S'IL TE PLAIT, CHIZU !
ATTENDEZ !!
CE N'EST PAS LA FAUTE DE CHIZU !!
SI ÇA CONTINUE, TOUTES LES FILLES DE LA CLASSE VONT ENTRER EN CONFLIT !
DANS CE CAS, IL VAUT MIEUX...
... QUE PLUS PERSONNE NE FASSE DE DÉCLARATION D'AMOUR À KAZEHAYA !
ELLE S'EN FICHE COMPLÈTEMENT.

ZAM
ZAM
MAIS OUI !
C'EST VRAI QUE KAZEHAYA APPARTIENT À TOUT LE MONDE !!
ELLE S'EN FICHE PROFONDÉMENT.
COMME ELLES AVAIENT PEUR QUE L'UNE D'ENTRE ELLES N'ACCAPARE KAZEHAYA, ELLES ONT FINI PAR S'UNIR...
PFF...
C'EST DE L'HISTOIRE ANCIENNE...
BREF, COMMENT DIRE...?
JE VOIS.
CETTE FILLE N'EST PAS MÉCHANTE, MAIS SES HISTOIRES DE COLLABORATION...
... ÇA ME BARBAIT !!
NOUS NE SOMMES PAS SUR LA MÊME LONGUEUR D'ONDE !!
SINCÈREMENT, JE N'AVAIS PAS ENVIE DE LA FRÉQUENTER.
ELLE S'EST SERVIE DE TOI, CHIZU.
CE QUE TU VIENS DE ME RACONTER ME PERMET DE MIEUX ME FAIRE UNE IDÉE SUR LE GENRE DE FILLE QU'EST KURUMI.

MAIS JE ME DEMANDE SI LES CHOSES VONT SE PASSER COMME ELLE LE SOUHAITE.
QU'EST-CE QUE JE VAIS FAIRE...?
AH ?
?
DING DONG DING DONG
ALLEZ, ON FAIT UNE PETITE PAUSE !
WAAH ! D'ACCORD !
BOMM
OUAIS ! OUAIS !
JE VAIS M'ACHETER QUELQUE CHOSE À BOIRE.
AH, PRENDS-MOI UN THÉ !
O.K. !
TAP
TAP
TAP

KURONUMA ?
AH !
...!
KA...
KAZEHAYA...!
...
ZUT !

JE T'AI APPELÉE, MAIS JE SUIS TENDU.
TENDU ?
EN FAIT...
... ON NE S'EST PAS BEAUCOUP PARLÉ CES DERNIERS TEMPS.
KAZEHAYA EST TENDU ?
...
...

QU'EST-CE QUE JE RACONTE ?
EUH...
J'ALLAIS ACHETER UN JUS DE FRUITS ET JE T'AI APERÇUE EN CHEMIN !
C'EST TOUT !
KAZEHAYA AUSSI EST DONC TENDU.
ALORS...
...
JE VOIS...
... KAZEHAYA...

... PENSAIT PEUT-ÊTRE...
... LA MÊME CHOSE QUE MOI...
...
CE N'EST PLUS ARRIVE DEPUIS LE JOUR OÙ NOUS SOMMES ALLÉS CHEZ RYÛ...
QUOI...?
AH...
IL A SOURI...
TU AS SOURI !

ÇA FAIT LONGTEMPS QUE JE NE T'AI PAS VUE RIRE !
TANT MIEUX !

SAWAKO-CHAN !
KURUMI-ZAWA !

ZAWA ?
EUH ...?
KURUMIZAWA... KURUMI-CHAN...?
QUOI ?
TU NE LE SAVAIS PAS ?
ELLE S'APPELLE UME KURUMIZAWA ! PAS VRAI !? KURUMIZAWA !
EUH...
OUI...
JE L'IGNORAIS !!
ALORS, C'EST KURUMIZAWA-CHAN !!?

KURUMI...
ALORS, IL NE L'APPELAIT PAS...
... PAR SON PRÉNOM.
TIENS...
J'AI L'IMPRESSION...
... QUE ÇA ME RASSURE...
JE VOIS...
UME-CHAN...
UME-CHAN, DONC ...!?
...
KA...

KAZEHAYA !
HI! HI!
JE PEUX T'EMPRUNTER SAWAKO UN INSTANT ?
HEIN ?
EH BIEN... C'EST QUE...
NOUS DEVONS DISCUTER ENTRE FILLES !
EUH...?
ENTRE FILLES !?
POURQUOI FAUT-IL TOUJOURS QUE JE SOIS DE TROP ?

DOMM DOMM
ドキドキ
TOC TOC
ワクワク
WAOUH...
JE ME DEMANDE BIEN DE QUOI ELLE VEUT ME PARLER !
JUSQU'OÙ VA-T-ELLE COMME ÇA ?
EUH...
KU...
AH!
UME...
LUME-CHAN...?
DOMM DOMM
NE M'APPELLE PAS LUME !!
OUPS!

TOURNE
OH !
SOURIRE
APPELLE-MOI KURUMI...
D'ACCORD ? ♡
KU...
KURUMI-CHAN...!
JE VOIS ! C'EST SON SURNOM !!
OUF !
UN MOMENT, J'AI EU L'IMPRESSION QU'ELLE SE FÂCHAIT PARCE QUE JE M'ÉTAIS MONTRÉE TROP FAMILIÈRE !
SOURIRE GRACIEUX
...
EN FAIT...
... J'AIME QUELQU'UN...
QUOI !?

J'AI ENVIE DE SORTIR AVEC LUI, MAIS...
... JE N'AI PAS CONFIANCE EN MOI ET JE NE SAIS PAS COMMENT M'Y PRENDRE.
QU'EN PENSES-TU ?
GLOUPS...
COM-MENT...?
?

COMMENT FAIRE !?
VOYONS... QUE POURRAIS-TU FAIRE !?
ELLE COMPTE SUR MOI, MAIS JE N'AI AUCUNE IDÉE !
BREF...
GÊNÉE
あわあわ
PANIQUÉE
おろおろ
J'AIMERAIS QUE TU M'APPORTES TA COLLABORATION.
MOI !?
RENDRE SERVICE À KURUMI !?
TU... TU CROIS QUE QUELQU'UN COMME MOI EN EST CAPABLE ?
VRAIMENT !?
AH !
NE DIS PAS "QUELQU'UN COMME MOI" !

TU LE PEUX !
SAWAKO !!
C'EST...
... LA PREMIÈRE FOIS QUE QUELQU'UN COMPTE SUR MOI !!
VRAIMENT !?
JE...
JE VAIS FAIRE DE MON MIEUX !!
COMME JE SUIS CONTENTE !!
AH !
MAIS QUE DOIS-JE FAIRE CONCRÈTEMENT ?
PANIQUÉE
MAIS, SI J'INTERVIENS, EST-CE QUE JE NE RISQUE PAS DE CASSER L'AMBIANCE ?
TU NE M'EN VEUX PAS !?
JE VAIS TE LE DIRE.
NE T'INQUIÈTE PAS...
JE SUIS SÛRE QUE ÇA IRA !
IL S'AGIT DE QUELQU'UN QUE TU CONNAIS BIEN.
HI ! HI !

EUH...
KAZEHAYA...

C'EST KAZEHAYA !
KAZEHAYA...?
MAIS ALORS...
... EUH...
... ILS VONT SORTIR ENSEMBLE...?

Y A-T-IL QUELQU'UN...
... QUI PUISSE PLAIRE À KAZEHAYA ?
C'EST MOI...
... QUI DOIS L'AIDER...?

MERCI, SAWAKO !
JE SUIS…
… TRÈS HEUREUSE !

JE TE REMERCIE VRAIMENT !
BYE-BYE !
ALORS, À DEMAIN !
Tchac

EUH...
JE SUIS DÉSOLÉE...
JE N'Y ARRIVERAI PAS...!

JE CROIS...
... QUE J'EN SUIS INCAPABLE...!
...
J'EN SUIS INCAPABLE.
(À SUIVRE)

SAWAKO

DANS LE PROCHAIN TOME

SAWAKO

TOME 4

FIN

Quelle sera la réaction de Sawako après la confession de Kurumi ...!?

La mangaka
Karuho Shiina

L'auteure de "Sawako", la mangaka Karuho Shiina, commence à se faire un nom dans le milieu des dessinatrices de shôjo grâce à ses œuvres.

Biographie

Karuho Shiina est née le 23 octobre 1975 dans la préfecture d'Hokkaido (au nord du Japon). Elle reste particulièrement attachée à sa région d'origine et ne manque jamais de se rendre dans des sources d'eau chaude (onsen) dès qu'elle rentre au pays. Elle utilise régulièrement cette région comme théâtre de ses histoires.
Même si elle dessine des mangas depuis l'enfance, ce n'est qu'à partir de 15 ans que ses histoires commencent à être reconnues au point qu'elle songe à en faire son métier.
Parmi ses sources d'inspiration, il y a des films plutôt sentimentaux comme "La Garçonnière" (1960) ou "Les Évadés" (1994).

Ses œuvres

Karuho Shiina commence sa carrière à partir de 1991 grâce à plusieurs séries et à quelques one-shots. Le premier d'entre eux, "Orange Apart", sort en volume relié au milieu de l'année 1997. Il raconte la vie d'une mangaka amoureuse de son voisin de palier. Signe-t-elle là une œuvre autobiographique ?

Le CD Drama tiré du manga "Crazy For You".

"Orange Apart" est paru à l'origine dans le magazine "Bessatsu Margaret" édité par la Shûeisha, tout comme le seront ses œuvres suivantes.

Karuho Shiina dessine de nombreux mangas courts et des one-shots avant d'entamer sa première grande série intitulée "Crazy For You", dont la prépublication débute en août 2003. Cette série traite des relations amoureuses d'un groupe de cinq adolescents centré sur Sachi, une jeune fille innocente et pure. La publication se poursuit jusqu'en juin 2005, et la série finit par comptabiliser six volumes. Ce premier joli succès sera même adapté en Drama CD (sorti le 24 mars 2005).

Sawako

Boostée par le succès de "Crazy For You", Karuho Shiina se lance dans l'écriture de sa seconde grande série : "Sawako". Le titre japonais est "Kimi ni Todoke", qu'on pourrait traduire par "Pour t'atteindre" et que les fans japonais abrègent généralement en "Kimitodo".

Sur la lancée de "Crazy For You" et suite à un one-shot pilote de 50 pages, la prépublication de "Sawako" débute en septembre 2005. Karuho Shiina continue encore de dessiner cette série actuellement ; elle compte déjà huit volumes.

"Sawako" remporte, en 2008, le 32e Prix du manga Kodansha dans la catégorie Shôjo. Cette récompense consacre l'auteure dont la carrière a débuté il y a près de 20 ans.

Le premier volume de la version romancée de "Sawako".

Par ailleurs, durant cette même année, l'éditeur Takarajimasha décerne à "Sawako" le prix "Kono Manga Sugoi !" (Ce manga est génial !) dans la catégorie meilleur manga pour filles. Contrairement à d'autres prix du manga, ce choix fait suite à une enquête menée par l'éditeur auprès de son lectorat et récompense depuis 2006 deux œuvres : une pour les garçons et une pour les filles.

Le 8e volume de "Sawako" dans son édition japonaise.

Parallèlement au manga, une version romancée est également en cours de parution. Cette adaptation est très proche de l'histoire du manga. Le troisième et dernier volume à ce jour est sorti en mai 2008.

En voici les détails :

- *"Kimi ni Todoke" (Août 2008, correspond aux volumes 1 et 2 du manga)*
- *"Kimi ni Todoke – Koi ni Kizuku Toki", (Novembre 2008, correspond aux volumes volumes 3 et 4 du manga)*
- *"Kimi ni Todoke – Sorezore no Kataomi" (Mai 2008, correspond aux volumes 5 et 6 du manga)*

Tous les volumes de cette version sont écrits par Kanae Shimogawa, auteure de plusieurs adaptations romancées de mangas et du roman tiré du film de "Nana". Et ce n'est pas fini ! Dès avril, "Sawako" connaîtra au Japon une adaptation en TV Drama !

Karuho Shiina semble bien partie pour devenir une future référence du shôjo manga. Son originalité tient à la façon de décrire l'amour désiré, inavoué, difficile...

Uchû Senshi Edomondo
http://www.animemorial.net

Ce manga est publié dans son sens
de lecture originale, de droite à gauche.

Ici, vous êtes donc à la fin.

KIMI NI TODOKE

First published in Japan in 2005 by Shueisha Inc., Tokyo.
French translation rights in France and Fren
arranged by SHUEISH

7, avenue

Dépôt l
ISBN 978-2-5050-0562-9

Conception graphique : Cynthia Lacroix
Traduit et adapté en français par Pascale Simon
Adaptation graphique : Eric Montésinos

Imprimé en France par Hérissey/Groupe CPI - Evreux